NF文庫
ノンフィクション

海は語らない

ビハール号事件と戦犯裁判

青山淳平

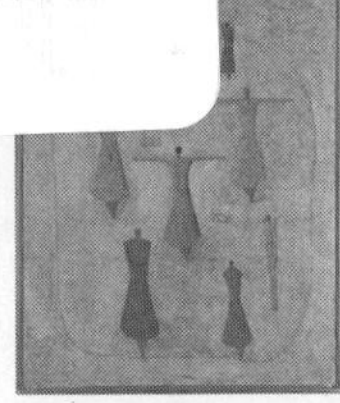

潮書房光人新社

左近允司令官座乗の第16戦隊旗艦「青葉」——重巡「利根」「筑摩」とともにサ号作戦に従事

主砲を斉射する「利根」型重巡。速力36ノット、航続力18ノットで8000海里の性能を誇る

南西方面艦隊司令長官高須四郎

軍令部総長永野修身

重巡「利根」艦長黛治夫

第16戦隊司令官左近允尚正

写真提供／雑誌「丸」編集部

『海は語らない』目次

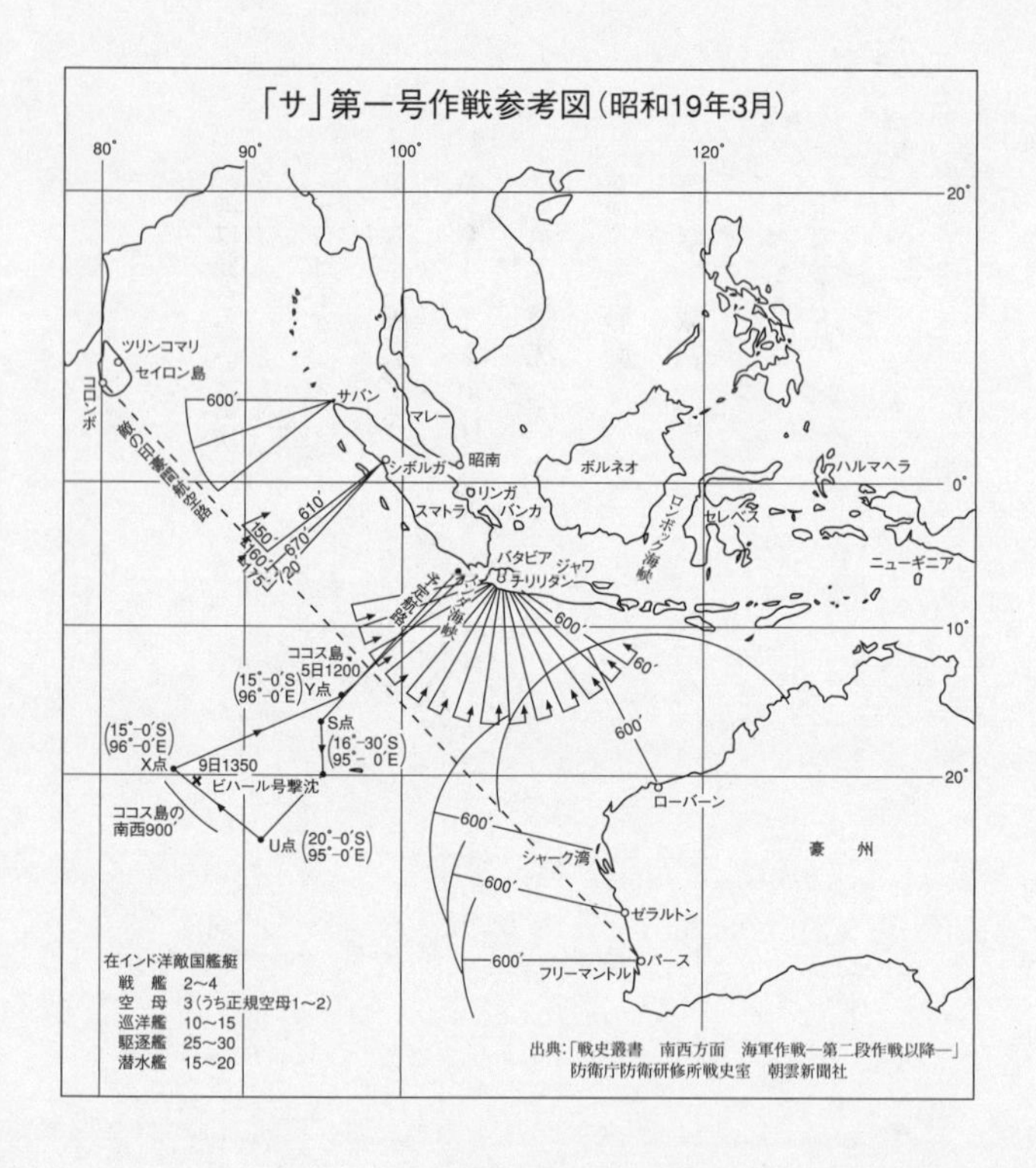

「サ」第一号作戦参考図（昭和19年3月）
80°
90°
100°
120°
20°
0°
10°
20°
ツリンコマリ
セイロン島
コロンボ
600′
サバン
マレー
敵の印豪間航路
シボルガ
昭南
リンガ
ボルネオ
ハルマヘラ
610′
150′
160′
175′
670′
720′
スマトラ
バンカ
ロンボック海峡
セレベス
バタビア
ジャワ
チリリタン
ニューギニア
予定航路
スンダ海峡
600′
60′
ココス島
5日1200
(15°-0′S
96°-0′E)
Y点
S点
(16°-30′S
95°- 0′E)
(15°-0′S
96°-0′E)
X点
9日1350
ビハール号撃沈
ココス島の
南西900′
U点
(20°-0′S
95°-0′E)
600′
ローバーン
600′
シャーク湾
豪　州
600′
ゼラルトン
600′
パース
フリーマントル
在インド洋敵国艦艇
戦　艦　2〜4
空　母　3（うち正規空母1〜2）
巡洋艦　10〜15
駆逐艦　25〜30
潜水艦　15〜20
出典：「戦史叢書　南西方面　海軍作戦—第二段作戦以降—」
防衛庁防衛研修所戦史室　朝雲新聞社

海は語らない

ビハール号事件と戦犯裁判

プロローグ

一

はじめて目にする香港島は、まだらな光彩のなかに潜んでいた。

光のあるところは鈍色に輝き、影の部分は濃い藍色にそまって深い。その織りなす光陰はまるでこの島の近現代史のようだ、と日航機の丸窓に顔をよせながら、左近允尚敏はわきあがる思いとむきあっていた。

昭和四十年十月中旬のことである。

左近允二等海佐が啓徳空港のロビーで待機していると、約束の午後一時きっかりに、佐々淳行領事が迎えに現われた。

香港へようこそ、と両手をひろげ、佐々はおおげさな身振りで左近允を歓迎し、出口のほ

うへ歩きながら、

「ごちゃごちゃしていますが、見所が多く楽しめますよ」

と客人を気づかった。

左近允二佐は防衛駐在官として、インドネシアのジャカルタ（旧バタビア）へ赴任する途上である。わざわざ香港へ立ち寄った目的のひとつは、赴任先でつかう家電などの日用品を買い物天国の香港で仕入れることだった。滞在は三日間で、明後日には出発することになっている。

左近允は差し向けてもらった領事館の車でさっそくデパートへ行き、冷蔵庫と扇風機をジャカルタへ運ぶように手配した。

表向きの用件はこれだけですんだ。

「ところで、買い物だけということもないでしょう。香港はグルメ天国ですし、観光地もたくさんあります。なんでもご相談下さい」

と佐々は便宜を申しでた。

デパートを出た車は、宿泊先のホテルをめざして走り出した。

通りをゆきかう人々をながめていた左近允は、視線を運転手の前方へうつし、観光は考えておりません、と応えた。

「日本から来られる皆さんに便宜をはかるのも在外公館の仕事ですから、出来る限りご希望にそえるようにしています。どうぞご遠慮なく……」

と佐々は使いなれた文句で事情を明かした。

日本領事館を訪問する政治家や経済界の要人は当然のように、特別なとりはからいを求める。それらは決して次元の高いものとはいえず、仕事とはいえ警察庁から出向している佐々はいささかうんざりしていた。

左近允はそんな佐々の胸の内を知ってか知らずか、陰のふかい横顔をみせたまま黙っていた。思案することでもあるのか、じっと前を見つめたままである。

ふたりを乗せた車が日本総領事館のある交差点を左折した。

佐々は領事館の煉瓦造りの建物をゆびさした。

「ご案内を差し上げましたとおり、今夜はここで、こちらでは高名な将軍たちを招いたパーティーがあります。ぜひご出席ください」

「どうもありがとう。楽しみにしていますよ」

左近允は頬に微笑をうかべ、まるで敬礼でもするかのように右手をちょっとあげてみせた。その律儀な仕草で佐々の気持ちが少しほぐれた。それほどお堅い人でもなさそうだ、とほっと胸をなでおろしながら、領事館から事前に手渡された人物プロフィールのメモをもういちど頭の中で反芻した。

左近允尚敏氏は大正十四年二月生まれで海兵七二期。戦歴としては昭和十九年十月、中尉のときフィリピン沖海戦に重巡洋艦「熊野」の航海士として参戦。「熊野」はマニラ近くのサンタクルーズ湾で撃沈されたが、尚敏氏は九死に一生を得た。

それから終戦の前月の七月、航海長として乗艦していた駆逐艦「梨」が瀬戸内海の平郡島(へいぐんとう)沖で再び撃沈された。このとき尚敏氏は岸まで泳ぎ、島の義勇隊とともに海上に残された乗員の救助にあたった。海軍大尉で終戦をむかえ、昭和二十七年七月に自衛隊の前身の海上警備隊に入隊し現在に至っている。

左近允家は海軍一家で、長男の正章(まさふみ)氏は海兵六九期。正章氏は大尉のとき砲術長として乗艦していた駆逐艦「島風」が、昭和十九年十一月にレイテ島オルモック沖で撃沈された際に戦死した。そして父君の尚正(なおまさ)氏は海兵四〇期で海軍中将。左近允中将は南西方面艦隊の海域を担当する第一六戦隊司令官のときにおきた「ビハール号事件」の責任をとわれ、戦争犯罪裁判で昭和二十三年一月に刑務死した。場所は香港である。

「これは、まったくちがう人種だ!」

メモを一読し、佐々は一驚したものである。

「サムライ」という言葉がすぐに浮かんだ。同じ日本人といっても、本国から遊び半分で日本領事館へやってくる従来の便宜供与組とは、まるで似て非なるものがある。佐々は久しぶりに気持ちが高ぶるのを感じていた。

高層ビルの谷間のむこうにビクトリア・ピークが間近にせまっていた。ホテルはこの峻厳な岩山の麓にある。

佐々は香港の民生や治安状況を紹介しながら、左近允二佐の明日の日程をたしかめるきっかけをさぐった。さりげなく、まずは当人の要望を聞き、なにもなければ、それまでのことである。わざわざこちらから案内役を買ってでることまで、しなくてもよい。

香港政庁の前の通りを車が徐行していたときである。

それまでだまって耳をかたむけていた左近允が、不意に佐々の話の腰をおってたずねた。

「あのー、スタンレー刑務所は、この近くですか」

思いがけない場所の名前を耳にし、

「スタンレーですか」

と佐々は鸚鵡返しにたしかめた。

「ええ、そうです。行けるものなら、お願いしたいのですが……」

通りの両側には、ビクトリア王朝時代の繁栄をつたえる瀟洒な洋風建築がならんでいる。

佐々は丁重に応えた。

「残念ながら、スタンレー刑務所ならここじゃありません。この香港島のちょうど反対側ですね。ここが香港島の北部ですから、スタンレーは山をひとつこえた南部の半島の名前で、刑務所はその根元にあります」

終戦当時、香港島にはミリタリー・プリズンと称されるものが二つあり、その一つはたしかに香港政庁からも近いところにあった。ただそこは陸海軍専用の軽犯罪者をおもに収容するプリズンで規模は小さい。これに対して、香港市の裏側にあたる南部は、南シナ海に面してスタンレー半島がのびていたが、この半島に築かれたイギリス海軍の要塞の営舎から少しはなれたところに、白く高い塀をめぐらせた大規模なプリズンがあった。中国人が「赤柱の監獄」と呼ぶこのプリズンがスタンレー刑務所で、戦後まもなく延べ一二〇人の日本人戦犯がこの獄窓につながれ、そのうちの二一人が処刑台のあるHホールで絞首刑となっている。左近允中将もその一人である。

佐々はスタンレー刑務所の地理的な位置をこと細かく説明した。

車で四、五十分はかかる。

「誠に恐縮ですが明日、行けるものなら、お願いしたい」

と、尚敏は頭をさげた。

「わかりました。お連れします。ただ、急なことですから中の見学ができるかどうか、いま確約はできません」

「そうですか。実は少し個人的な事情があり、スタンレー刑務所の死刑囚監房と絞首台をジャカルタへゆくまでに見ておきたい、とひそかに決めて香港に立ち寄りました」

「ご尊父様のご供養ですね」

と、すかさず佐々は応じた。

「ご存知でしたか」

「はい。事件の裁判については、一通りのことは存じあげております」

佐々は口元をひきしめ、深くうなずいてみせた。

ビハール号事件の裁判は、日本ではほとんど報じられていない。

しかし地元の香港ではきわめて関心が高く、昭和二十二年九月十九日から戦犯法廷でこの事件の裁判がはじまると、地元紙の「サウス・チャイナ・モーニング・ポスト」は審理の内容を逐一くわしく報道している。

　ビハール号事件は昭和十九年三月九日、インド洋上の通商路を破壊する「サ」号作戦に従事した第一六戦隊に配属中の重巡洋艦「利根」が、英国商船ビハール号を撃沈したことにはじまる。

「利根」は救助し捕虜にした乗客乗員一一一名をバタビア（現ジャカルタ）に連れて帰った。ところが南西方面艦隊司令部は洋上での捕虜の処分を命じていたため、バタビアで捕虜全員を上陸させることはできなかった。司令部が事実上、捕虜の受け取りを拒絶したため、バタビアの捕虜収容所に送られたのは、重要な情報をもつ上級船員と乗客だった連合国の将校たちだけで、およそ六五名の捕虜は「利根」の艦内に幽閉されたままになった。

　三月十六日に「サ」号作戦は終了し、「利根」は第一六戦隊から原隊の第七戦隊にもどることになる。そこで二日後の十八日深夜、捕虜の取り扱いに苦慮した「利根」艦長の黛治夫（まゆずみはるお）大佐は、バタビアからシンガポールへ向かう洋上で捕虜全員の処分を命じた。命令は柔剣道に練達した将兵たちの手で実行され、遺体は漆黒の海上へすべて投げ捨てられた。

　この捕虜大量虐殺事件が表沙汰になったのは、戦後のことである。バタビアで解放されたイギリス人捕虜の口から発覚し、戦争犯罪を追究していた英国議会で取り上げられ大問題となった。

　逮捕されたのは第一六戦隊司令官の左近允尚正少将（事件当時）と、「利根」艦長の黛治夫大佐である。もともとこの作戦の最高責任者は南西方面艦隊司令長官の高須四郎大将だったが、高須長官はすでに病死していたため、作戦を指揮した左近允司令官が最高責任者として身代わりになった。

ふたりはスタンレー刑務所に収監され、裁判がはじまると、軍用トラックで香港市内の第五戦犯法廷と刑務所の間をなんども往復した。

この裁判の特異な点は、捕虜殺害の実行行為者はだれひとり法廷によばれなかったことである。裁判は最初から事件の責任者だけを裁く目的ですすめられた。

そこでだれが捕虜の殺害を命じたのか、その事実関係をめぐってふたりの被告は対立した。日本からは一二人の関係者が呼ばれたが、事件の責任を海軍上層部へおよばないようにするためか、証言台に立った七人の元士官たちは、ことごとく司令官に不利な証言をした。左近允中将はこれに対して何ら抗弁することはなかった。刑死したのは、昭和二十三年一月二十一日の早朝である。一方、殺害を直接命じた黛大佐は七年の懲役刑であった。

黛大佐はなぜいったん救助した乗員乗客を殺害してしまったのか。また南西方面艦隊司令部から本当に「捕虜処分命令」が出されていたのか。この事件の真の責任の所在もふくめ、裁判で真相が解明されることはついになかった。

二

佐々は香港の公立図書館で、この「ビハール・ケース」の報道記事をつぶさに読んだ。裁判はわずか四十日余りの短い審理で判決を言い渡している。事件が事件だけに、いさぎよく責任をとって絞首台にあがった左近允中将の胸中が思いやられた。

その父の終焉の地を訪ね、慰霊したい、という要望である。

佐々が意気に感じないはずはなかった。

なんとしてもかなえてやりたい、と佐々はこころに決めた。

とはいえ香港の対日感情は悪く、その上、父が戦犯として処刑された場所を息子が見たいというのだから、話はややこしかった。そっくり領事館の上司に話せば、そんな厄介なことはやめておけ、と忠告されるに決まっていた。それで佐々は個人的なツテを頼りに交渉してみることにした。うまくいかなかった場合はご容赦ねがいたい、と佐々は左近允に断わりをいい、ホテルで別れた。

佐々は面識がある香港警察の治安部のトップに電話をかけ、左近允二佐を日本の法務官に仕立てて直接交渉した。

短い滞在の上に急な申し出で恐縮だが明日、法務官が研究のため、まだ死刑制度があるイギリスの死刑囚監房と絞首台の視察を切望している。なんとかならないだろうか、と。

電話口でしばらく待っていると、返事があった。

スタンレー刑務所のナイト所長が日本の行刑制度の研究に役立つのであれば配慮をしまし

よう、と視察を特別に許可してくれたというのである。すぐにホテルの左近允に電話をいれ、自衛官の身分をかくし法務官として行くから、そのように心得て欲しいと伝えた。尚敏は声をはずませ、佐々に礼をいった。

翌日の午後、佐々の運転するオースティンでふたりはホテルをでた。

香港日和という言葉があるのかどうか、日本の秋晴れにまけないほど空は高く蒼い。競馬場のわきの坂道をのぼると、ビクトリア・ピークの山麓に建つカトリック修道院の清楚な外観が遠くに見えてくる。車は山の中腹の道路を左右にカーブしながら走る。眼下に香港湾の碧い海がひろがり、九龍市の林立するビルの群れがうすい紫色のかすみのなかに浮かんでいる。

支那方面艦隊参謀長のときに終戦をむかえ、そのまま上海にとどまって戦後の処理にあたっていた左近允中将は、昭和二十一年六月にイギリス軍に逮捕されると、ただちに巣鴨プリズンへ移送された。

香港で裁判を受けることが決まり、駆逐艦で復員輸送に従事していた尚敏は浦賀に入港した機会に、巣鴨で父に会った。

たくさんの部下や親戚から減刑を求める嘆願書が作成されていた。

父にそのことを伝えると、

「ありがたいが、冤罪ではないから提出しないでくれ」

と実にさっぱり断わられてしまった。母が面会を求めているというと、必ず帰ってくるから心配するな、と遮蔽ガラスのむこうで微笑んでみせた。

父のそんな姿をふりかえると、日本にいたときの父は、ゆめゆめ死刑になると思っていなかったのかもしれない、と尚敏は思う。

事実、死刑判決が下された日、中将はこんな手紙を息子宛に書いていた。

「本日絞首刑の判決を受けた。まさか死刑とは予期しなかった。判決の理由は示されなかった。裁判は形式的で判決は政策的と断ぜざるを得ないことは、小谷勇雄弁護士その他の人々の意見も一致した。従来の判決例や『勝てば官軍負ければ賊軍』の諺もあり、最悪の場合かかる判決もあるやも知れないとの覚悟はできていたので、特に驚きあわてることはなかった……」

それから一月後の手紙。

「本日は昭和二十二年十一月二十八日だ。明日二十九日が判決後丸一ヶ月となる。あと約一ヶ月したら、コンファメーションが来る。それで減刑にならなかったら処刑だ。即ち年末から一月早々となるだろう。判決以来毎日これ好日と思い、きわめて明朗元気、生死を超越し得る心境はまことにありがたい。

日本が敗戦したがための処刑である。普通一般の処刑と異なり、正章同様戦死に相当するものと自信（ママ）している。判決が政策的なる点、遺憾ながらも、これも勝てば官軍、負ければ賊軍、と思えば恨む必要もなし。復讐、報復、仇（あだ）にたいし仇をもってするというようなことは、将来平和に害ありと思う。戦犯者のなかにも連合軍の虐待、裁判の不公平などにたいし、恨み骨髄に達し、子孫の代にかならずこの仇を報ずべしとして、故国に手紙をだしたり、伝言する人が少なくないようだ。父の考えでは、かくのごときでは将来の世界平和は期せられぬ……」

結局、十二月二十一日に死刑が確定し、中将は明日の命も約束されない新年を迎える。そんな元旦の朝も家族に手紙を書いている。

「新年おめでとう。今年こそ久し振り目出度い年を迎えて下さい。昭和十六年以来、ごたごたした年ばかりで、一家本当にうち揃い、落ちついた正月気分は味わえなかったことと想像します。従来の例によると、もういまごろは処刑前数日、特別室に移されるのですが、たぶんクリスマス祭や、新年の行事で少し延期されたのでしょう。（中略）なにはともあれ、以上のような次第で、今日の元旦を迎え、一筆できることは幸いです。当地は天気好晴、内地の十一月上旬ごろの秋日和です。心身ともにいたって健在で、はるかに山崎の正月風景を偲び、かつ将来の一家の幸福を祈りつつ、きわめて安穏な気持ちで本日の好き日を迎え、有難く思います……」

山崎というのは、妻の実家がある鹿児島県の山崎村のことである。

いよいよ明日が死刑執行という夜、同じ郷里の鹿児島出身で、同じ監房に収容されていた陸軍憲兵の外薗生夫（そとぞのいくお）は中将との面会をゆるされ、上海憲兵隊司令官だった木下栄一と一緒に鉄格子ごしに面談した。

中将はいつもと変わらない笑顔で感謝の気持ちをつたえ、自分は先に日本に帰るが、房内に残されたみんなは一人でも多く生きて、祖国に帰れるように祈っている、といった。

格子のすき間から突き出された中将の指をにぎりしめながら、

「ご家族のもとへお届けするものはありませんか」

と外薗は訊いた。すると、

「これまでたくさんの部下を戦争で亡くし、みんな水葬にしてきた。自分だけが遺品を送るのは自分の心がゆるさない。遺骨も遺髪も一切送らない、とすでに家族には書き送っている。家族も私の気持ちをわかってくれるはずだ」

と中将は穏やかな顔で語り、

「まだ講和条約もむすばれていないから、戦場で死ぬと思えば武人として本望じゃないか。晴れ晴れとした気持ちだから、どうか笑顔で見送ってくれ」

と涙で頬をぬらしたふたりに明るく声をかけた。

死刑が執行された朝、外薗は看守に呼びだされ、中将が最後の夜をすごしたHホールの死刑囚房を片付けるよう命じられた。

ところが、囚房のなかはすでに綺麗に片付けられている。

外薗がけげんな顔をしていると、看守は囚房の外の一角を指し示し、昨夜の情景を丁寧に説明した。

所長はもとより幹部クラスの刑務官、さらに裁判で助言官を勤めたバンフィルド中尉も中将に別れを告げるためにやってきた。みんなは鉄格子からタバコを差し入れ、中将に一服してもらうと、同じタバコを今度は自分が吸い、中将との別れを惜しんでいた。こんなことは初めてのことだった。

「ほら、吸い殻をそこへ集めておいた。必要ならもっていくがいい」

しゃがみこみ、数えると、吸い殻は二〇本以上あった。

外薗は両手に押しいただいて帰り、房内の日本人戦犯たちと手がこげつくまでまわし喫みした。

尚敏は父の死の前後のこうしたできごとを、釈放され郷里に帰ってきた外薗から届いた手紙で教えてもらった。

いまはもうみんな昔のことである。

山麓の道路を走りきると、視界がひらけてきた。

群青色にかがやく南シナ海へスタンレー半島がせりだしている。

兵営の前の道をぬけて十分ばかりゆくと、海岸にそって高い塀をめぐらせたスタンレー刑務所の正門に着いた。サナトリウムのような景観で、亜熱帯の陽光と潮風にさらされているせいか、建物は明るく清潔感がある。

自動小銃を携行した衛兵が近づいてきた。

佐々は運転席の窓をあけ、身分証明書を呈示し、用件をつげた。衛兵が奥へ合図をおくると、正門の大鉄扉のよこの通用門があいた。塀のなかには、ともに二階建ての二棟の建物が隣接している。大きい方がGホール、それよりずっと小さな四角い建築物がHホールで、絞首台のあるHホールは正面玄関からは見えず、裏口に面していた。

　Gホールのなかに入り、事務官に指示されて面会所にある訪問者名簿に署名すると、待合室へ案内された。大きなテーブルが真ん中におかれ、壁の周囲には粗末なイスがならべてある。日本だと壁に写真か、あるいはテーブルに花のひとつでも飾っていそうなものだが、ここには何もなく簡素そのものだった。

　しばらく待っていると、刑務官をともない副所長がやってきた。

　訪問者ふたりと握手をかわしたが、眼光は鋭く冷たい。副所長は余分なことは話さず、ナイト所長がお待ちしております、というと背をむけて歩きだした。あとに従いながら、「かれはポーランド系でしてね、ナチスを憎んでいます。当然、ヒットラーと手を組んだ日本をよく思ってはいないのです」と、佐々が尚敏にささやいた。

　尚敏は張りつめた思いで所長室にはいった。

　大きな窓を背にしてすわっていたナイト所長はいそいで立ち上がると、ふたりの方へよくこえた上体をゆすりながら近づいてきた。背丈があり、堂々とした体格である。

　応接用のソファーに身を沈めると、所長はさっそくスタンレー刑務所の施設概要について、丁寧なブリーフィングをはじめた。尚敏は用意してきたノートにメモをとり、法務官らしくふるまった。佐々も治安対策の専門家らしく、ツボをつかんだ質問をする。

　ブリーフィングがすむと、ナイト所長は自ら先頭にたち、広い所内を案内した。

　刑務作業中なので、雑居房に囚人はいなかった。房内はすみずみまで掃除がいきとどいている。なかの空気は男臭いが、どこも日当たりがよく、耳たぶがすけるほど明るい。ただ独房だけは高いところに小さな窓が一つあるだけで、電燈が灯ったままである。その前のひとつを通ると、木製の簡易ベッドに横たわっていた中国人が身体をおこし、訪問者にねばっこい視線をむけた。

最後にGホールから渡り廊下を歩いて、Hホールへはいった。

日本人戦犯者の絞首刑が執行されたところである。

執行の際には、かれらの最期の遺言を翻訳するため、前日の夜から日本人通訳が所内の一室に泊まり込んでいた。

翌朝早く、死刑囚が絞首台への階段をあがりきるまで、通訳はかれらのすぐ側に控えている。かれらの多くは看守にうながされ、ひきずられるようにして階段をあがり、絞首台に立った。執行の直前、うなるように、あるいは吼えるかのように「君が代」を歌いだす。すると例外なく、「君が代は、千代に八千代に……」の「八（や……）」のところで、すさまじい音が響きわたる。それからロープがきしむ音がしばらくつづき、時間をとめたような静寂がおとずれる。通訳のこわばった身体が動くようになるのは、それから何分もたってからのことである。

中将の場合はどうだったのか。

裁判をおえて香港から帰国した小谷勇雄弁護士から、尚敏の自宅へ小包が届けられたことがある。開くと封書と、それに一枚の紙切れを納めた小箱が出てきた。

封書の手紙は、中将の最期の様子を小谷が聞き書きしたものだった。

それによると、実際に立ち会った人たちをはじめ、中将の裁判に関係した者たちまでもが小谷に会うと、口々に中将の最期を褒めたたえた、とあった。

小箱の紙切れは、スタンレー刑務所内で使用していた事務用のうすい用紙だった。その用紙のうらに、中将の辞世の歌が鉛筆で走り書きしてある。

絞首台何のその
敵を見て立つ艦橋ぞ

尚敏は、一息で呑みこむように読んだ。

目つききびしく、精悍な面構えで仁王立ちする父のすがたが見えた――。

ふと気づくとナイト所長が死刑囚房の前で、尚敏を待っていた。

とくにブリーフィングはなく、ナイトは優しいまなざしで、ゆっくり見るように、とふたりに声をかけた。

それらしく無人の死刑囚房を見学し、尚敏が囚房に向かって合掌しそびれていると、ナイトが近寄ってきて、佐々と尚敏を二階の死刑執行室へ導いた。

ナイトが命じていたのか、なかがのぞけるように扉が開かれ、ロープが下がっていた。

尚敏が執行室へ近づくと、佐々が気をきかし、ナイト所長に話しかけながら、階段を降りはじめた。付き添ってきた刑務官もぞろぞろと後にしたがった。

執行室前でひとりになった尚敏は、天井からたれさがったロープを見つめ、両手をあわせ、頭をたれた。

偽りの視察をおえたふたりが礼を述べ、玄関から出ようとしたときだった。

終始、ひとなつっこい笑顔をたやさず、見送りに出てきたナイト所長が尚敏に声をかけた。

「ミスター、サコンジョウ。父上ノゴメイフクヲユックリ、イノレマシタカ」

尚敏は凍りつき、佐々は棒のようにたちつくした。

そんなふたりを愉快そうにながめながら、ナイトはわけを話した。

昨日、「サコンジョウ」という名前を聞き、すぐにピンとくるものがあった。

昔からスタンレー刑務所に勤めている者なら、だれもが知っている日本の提督の名前だったからである。「ビハール号事件」の裁判で助言官を勤め、刑の執行にも立ち会ったバンフィルド中尉の口から、左近允中将の品位のある人格とその最期のことが畏敬の念をもって所員たちに伝えられていた。

ナイトはつづけた。

「戦争は国家の犯罪です。戦争を憎むが個人を憎むものではありません。左近允中将は日本のよきサムライでした。私たちイギリス人は左近允提督をとおして日本や日本人のすばらしさを知りました。その提督のご子息がスタンレー刑務所を訪ねてくれて、こんなにうれしいことはありません」

ナイト所長は感激に目をうるませ、赤らんだ頬につたわる涙をぶあつい甲でぬぐうと、手をさしだした。

尚敏はその手にしがみつくように、にぎりかえしていた。

第一章——風雲

一

霞ヶ関界隈は朝から秋雨にぬれていた。

昭和十八年九月、海軍省人事局に出頭した左近允尚正少将は、南西方面艦隊所属の「任第一六戦隊司令官」の辞令をうけた。

南西方面艦隊はマレーシアのペナンに司令部をおき、ジャワ海、アンダマン海、それにインド洋にわたる広い海域と島嶼(とうしょ)を担当している。第一六戦隊はこの艦隊の主要な海上部隊である。

左近允が同じ庁舎内の軍令部にもどると、すぐに海軍省の岡敬純(おかたかずみ)軍務局長からよびだしがあった。

局長室へはいると、入口までむかえにでた岡が、

「大事なところへゆくじゃないか。まあ、ちょっと座れよ」

と会議用の椅子へ左近允をみちびいた。わざわざよんだのは、型どおりの激励ではなく、岡には話しておくことがあった。

岡敬純は左近允の一期先輩の海兵三九期で、海軍大学校恩賜組エリートである。フランス駐在武官の経歴をもつが、ヒットラーの世界戦略を支持する親独派の中軸をなす切れ者でもある。対米英開戦の強硬派だった軍令部総長の永野修身（ながのおさみ）の秘蔵っ子といわれる岡は、太平洋戦争全体の戦略にも深くかかわっており、すでに開戦の一年前から軍務局長の要職にあった。開戦が決定したとき、かれはヒットラーと共に米英と戦うことに感極まり、軍務局内で目をかけていた海兵五〇期の柴勝男を抱き寄せ、男泣きしたと伝えられている。

その強硬派にひきずられて太平洋戦争がはじまったとき、左近允はタイ国大使館附武官として、バンコクに駐在していた。

開戦の半月ほど前の十一月下旬、日本から外交官物件あつかいで大きな梱包荷物が届いた。短波無線機とガソリン発電機、それと予備品だった。通信科出身の武官補佐官たちと綿密にうち合わせ、左近允は武官室二階の各部屋のチークの板壁を貫通させて、外部に見えないようアンテナを張りめぐらせた。開戦の当夜、無線機はタイ国の情勢をローマ字暗号に組み、各地の通信隊に一晩中送りつづけた。

幸いなことにというべきか、タイ国は戦場にはならなかった。

二年足らず平和なバンコクに駐在した左近允は、砲声を一度も耳にすることなく、昭和十八年七月に帰国し、軍令部出仕となっていた。

水雷を専攻し、これまで「陸奥」通信長、水雷戦隊参謀、「摂津」艦長、舞鶴鎮守府参謀長などを歴任していたが、左近允には実戦の経験はない。

そのことにこれまでいささか忸怩（じくじ）たる思いはあったが、いよいよこれから戦隊の司令官として戦場へ出ることになる。願ってもないことだった。

人払いをし、ふたりきりになると岡が口をひらいた。

「左近允さん、南西方面艦隊は遊覧艦隊などとひやかされちょるが、これからはそうはいけんわな」

山口で育った岡は長州弁で話しかけ、腕をくみ、唇をとがらせた。

「よく、承知しております」

左近允は膝の上の拳をにぎった。

薩摩示現流の剣道で鍛えあげた二の腕に汗がういている。

六日前、日独伊の枢軸国の一角のイタリアが連合国に無条件降伏し、日本は戦略方針の根本的な転換をせまられていた。すでに二月のガナルカナル島撤退を契機として、日本は太平洋戦線において守勢にたたされている。

陸軍ではマリアナ諸島からその南のトラック島をへてニューギニア西部へ線をひき、さらに南西部のジャワ海からスマトラ、マレー半島とビルマにいたる約八〇〇〇マイルをこえる防衛線内を絶対国防圏としていたが、その確保はとうてい困難な状況だった。前方決戦主義を主張した海軍はトラック島を重要視して陸軍と対立していた。ただ、これからはビルマ、アンダマン、ニコバル、インド洋などの南西方面が、戦争を遂行する上で絶対確保すべき要域になるという認識では、両者の意見は一致していた。

またここに至って、日米間の生産力の圧倒的な優劣は、両国の戦力の隔たりを決定的なものにしていた。アメリカの太平洋艦隊は最近、空母六、軽空母五、新式戦艦五、旧式戦艦七、重巡九、駆逐艦五六などに加え、多数の戦闘艦艇、輸送船、貨物船、各種上陸用舟艇からなる巨大な艦隊になっている。

これに対し、日本の戦力はじり貧状態で、とくに船舶や造船事情は日ごとに憂色を加えていた。なかでも民需用の船舶数は、開戦当初よりも大幅に下回り、必要絶対数の三分の一にまで激減している。

岡は眉宇(びう)をせばめ、声をつよめた。

「開戦からここ二年足らずで一八〇万トンもの船舶を失っとる。これじゃなんぼ造ってもおいつけん。絶対国防圏どころじゃないよ。これからはどうしても船舶被害を月三万トン平均に押さえこまにゃいけん。いま統帥部は対潜航空機の増強を政府に要求しちょるが、各艦隊の司令部にも船舶不足の打開策を考えてもらわにゃいけんな」

「承っておきます」

「なあ左近允さん、大砲や高射砲をそろえた艦艇が、いつまでも陸軍部隊や資財の輸送だけでは値打ちがないからの」

と、岡は第一六戦隊を皮肉った。

「それは、ごもっともです」

司令官に補されたばかりの左近允はうなずいた。

南西方面はこれまで、「静かなる戦場」と揶揄(やゆ)され、艦隊の艦艇はのどかな南の島々をむすぶ輸送や船団護衛の業務に従事していた。だが、戦況が逼迫(ひっぱく)してきた今日、アメリカの太平洋艦隊と砲火をまじえる日が近づいている。

左近允は濃い眉をあげ、岡に訊(き)いた。

「軍令部の方で何か秘策があるようでしたら、この際お聞かせ願いたい」

岡は宙をにらみ、しばらく考えていた。

降りやまない雨が局長室の窓ガラスをぬらしている。

岡は視線をおろし、左近允の顔を一瞥すると、立ちあがった。

机の抽出(ひきだし)をあけ、ノートを一冊とりだした。

ふたたび左近允の前に腰をおろすと、

「これは最高の軍事機密だが……」

と前置きし、次のように話した。

ドイツと日本との人員と軍事の交流をはかるため、潜水艦を使用することになった。その第一便として、伊三〇潜がアフリカ大陸を大迂回し昭和十七年八月五日、ドイツが支配するフランスの軍港ロリアンに無事に入港した。

伊三〇潜は大役をはたして帰途につき、インド洋を通過して昭和十七年十月十三日、シンガポールへ寄港した。即日、日本へむけて最後の航海へ出たが、港の外へ出たところで不運にもイギリス軍が敷設した機雷にふれて沈没し、多数の戦死者を出してしまった。

軍令部は潜水艦の派遣について慎重になり、しばらく見合わせていた。

ところが昭和十八年にはいると、ヒットラーは日本海軍に対し、インド洋における徹底的な交通破壊戦を求めてきた。日本海軍がインド洋を制圧すれば、欧州戦線における連合国の勢いをそぐことになる。大本営はヒットラーの要望に応えようとしたが、日本海軍はそれに応えきれるだけの潜水艦を保有していない。

そこでヒットラーは、ドイツが使用している中型潜水艦を二隻無償で供与するので、これをモデルにして多数の潜水艦を日本が建造するように提案してきた。さらにこの二隻のドイツ潜水艦のうち、一隻はドイツ海軍の乗員が日本へ回航するが、あとの一隻は日本の乗員の手で、ドイツから日本へ回航してもらいたいという要望だった。

「実はいま、第二便となる伊八潜が訪独任務に従事しちょる」

と岡は重々しくいった。

左近允は、初めて聞く作戦である。

岡はノートに記された日付をたしかめながら、話をつづけた。

伊八潜は昭和十八年六月一日に佐伯湾を出港し、インド洋で二回にわたって燃料の補給をうけた。それから喜望峰の難所を無事に通過し、大西洋の警戒網をくぐりぬけ、八月三十一日にドイツの海軍基地ブレスト港に着いた。現在修理中であるが、十月初旬には帰路につき、十二月の初めにシンガポールへ入港し、中旬までに呉に帰投の予定である。

岡はノートから目を上げた。

あらたまった口調でいった。

「イタリアが降伏したから、地中海のイギリス艦隊がインド洋に回航されることになる。これからインド洋は、日独の存亡を決する海になるよ。この海に米英の跳梁(ちょうりょう)を許すことがあってはならん。それで第一六戦隊に特段の活躍を期待したい」

話はそれだけだった。

左近允は立ち上がり、一歩さがると岡に敬礼した。

岡は表情をゆるめ二度三度うなずいたが、眼光は鋭いままであった。

二

左近允は海軍機で羽田から南方へ飛んだ。

台北、マニラ、ブルネイを経てシンガポールへゆき、そこからさらにマレー半島西北部にあるペナンの南西方面艦隊司令部に着いて、高須四郎司令長官に伺候したのは、羽田を発って三日目の午後であった。

ペナンは開戦後すぐにイギリス軍が撤退したため、日本陸軍が無血占領している。海軍はペナン島に潜水艦基地を設営したが、その後ドイツ太平洋艦隊のUボート補給基地も完成し、ペナンは日独両国が南西方面海域を軍事的に支配するための戦略拠点となっていた。

長官室では、高須四郎中将が英国製の紅茶とビスケットで、左近允の長旅をねぎらった。

高須は大正と昭和の初めに二度、あわせて四年近い駐英武官の経験があり、米英の文化や政治状況に明るく、もともと開戦には反対の立場をとった親米英派である。五・一五事件を裁いた横浜軍事法廷では判士長（裁判長）として、事件をおこした青年士官たちに上層部の意向を反映させた寛容な判決を下している。開戦のときには第一艦隊司令長官の要職にあった。

話は人事のことが大半だった。

絶対国防圏構想がいよいよ現実味をおび、軍令部は南西方面艦隊に優秀な人材を配置するようになっていた。ここ最近、第一六戦隊の参謀たちも海軍大学出の中堅士官でしめられている。

この人事とあわせて、艦隊も強化される。

「左近允さん、軍令部からの手みやげ、歓迎するよ」

と高須は、南西方面艦隊が増強されることを新任の司令官に伝えた。

そのことは、左近允の耳にもはいっている。

「身の引き締まる思いがしております」

と左近允は型どおりに応じた。

高須はうなずくと、戦術の見通しにふれた。

「承知のとおり、これからはドイツと共同で潜水艦を使った作戦をインド洋で展開する。しかし、イタリアが降伏したいま、イギリスや豪州もインド洋に盛んに進出してくるだろうから、こちらもその覚悟が必要になる」

お互いに実戦の経験はなかった。

「静かなる戦場」にも、砲声の響きが近づいている。

高須は左近允に語りながら、戦況がいっそう厳しくなることを自らに言い聞かせているようでもあった。

最後に同席していた艦隊参謀長の多田武雄少将が、航空部隊の現状について説明した。

ベンガル湾、セイロン、ココス島方面の索敵を強化しているが、いまのところ異常はみつからない。またジャワ、スマトラ、ニューギニア西部海域も平穏である。しかし、豪州北部方面は偵察飛行の失敗もあって、情勢が不明のままであるが、連合軍がこの方面の航空兵力を増強していることは十分に予測される。したがってこの方面はイギリス東洋艦隊の動向とともに、最大限の警戒を要するところである。

「個人的には」と多田は断わり、最後に次のような持論をいった。

海軍上層部はトラック島の確保に固執しすぎている。この際、兵站（へいたん）を思い切って縮小し、兵力を北豪方面へ転進させるべきだと考えるが、上層部にはそのような判断はない。絶対国防圏というが戦略上、中部太平洋に突出したトラック島を死守する必要が本当にあるのか。アメリカは占領するなら、トラック島よりもグアムやサイパンをねらうにちがいない。

目をつむっていた高須長官が咳払いをし、多田は黙った。

「参謀長の意見は傾聴するが、われわれの任務は南西方面海域を確保しつづけることにある。つねに臨戦態勢で訓練に励み志気を高めてもらいたい」

と高須は話をしめくくった。

ペナンに一泊し、左近允は翌朝、水上機でシンガポールへもどり、旗艦「大井」に着任した。このときの第一六戦隊は軽巡「球磨」「大井」「北上」とスラバヤで修理中の「鬼怒」の四隻で編成されていたが、四日後には重巡「足柄」と駆逐艦「敷波」「浦波」の三隻が新たに編入され、戦力が一段と強化された。またこれに伴い、旗艦は「大井」から「足柄」へ変更された。

中部太平洋方面では、アメリカ軍の侵攻がはじまり、東京の軍令部や連合艦隊司令部は危機感をつよめていたが、南西方面は戦場からはるかに離れており、現場の空気はまだのんびりしたものだった。

艦隊の泊地は、シンガポールの南方のリンガやバンカとよばれる島々にかこまれた洋上におかれていた。そこは瀬戸内海に似た光景がひろがり、波もおだやかである。大小さまざまな形をした島々は波打ち際まで密林が生い茂り、濃い緑の林の上を南洋のきまぐれな白い雲が流れてゆく。日差しは強烈だが、決まってやってくるスコールが熱気にむせかえった地上をほどよく冷まし、洋上に涼しい風をはこんでくれる。

左近允が着任したころ、戦隊所属の艦艇は、ジャワ、スマトラ、ボルネオ、セレベス、マレー、アンダマンなどの南方の島々へ兵力や物資の輸送をし、また担当海域の警戒任務にたずさわっていた。

この平和な島々も、やがて連合軍の反攻にさらされる。

それまでの間、左近允司令官は自ら率先して快活にすごすようにつとめた。これまで慣例になっていた士官室によく顔をだし、若い士官たちとの会話をたのしんだ。これまで慣例になっていた艦内での暴力による懲罰を一切禁止し、入浴の回数を増やして乗組員全員にいつも清潔であるように訓示した。

司令官自身、毎夕五時になると、英国製の香水をバスにいれて入浴する。バンコクで駐在武官をしていたときからの習慣で、風呂からあがるとかれの身体はいつも馥郁（ふくいく）とした香りにつつまれている。ふさふさとした白髪を潮風になびかせ、白い軍服に白い靴、肩章はベタ金にサクラという司令官のスタイルは優雅そのもので、若い士官たちを魅了していた。

任務のないときは、司令官みずからが釣り糸をたれる。

部下が大物を釣り上げると、ウイスキーやタバコを与え釣果に報いた。

大半の乗員が陸の料亭にあがりこんでいたある日のことである。

女人に潔癖な左近允にはそのような習慣はなく、艦内に残った士官たちとの会話をたのしむか、釣りをするかである。この日、司令官は午後から釣り糸をたれていた。すると島影から数人の原住民たちがフネをこいで艦に近づいてきた。何事かと、当直が舷側の梯子をおりてゆくと、フネには野豚が一頭くくりつけられていた。

新任の司令官に敬意を表し、ぜひ食べてもらいたいという。

左近允は酒保から缶詰や衣類、それに筆記用具などの雑貨をはこばせ、ボートに積んでフネのそばに下ろした。それから参謀たちがとめるのをふりきり、梯子をおりて乗り移ったボートに裸体にちかい男たちをまねき、貢ぎ物の豚を受け取り、雑貨類をかれらに手渡した。

豚と一緒に艦上にもどると、上から様子をみていた先任参謀の嶋内（しまのうち）百千世中佐が面白がった。

「司令官、豚を釣り上げましたね」

「ははは、久しぶりに竿がしなったぞ。どうだ、食うか」

「はい、もちろんです」

「じゃあ、今日は居残り組で宴会だ」

士官たちの間から歓声があがった。

十一月にはいると、中部太平洋でアメリカの反攻がはじまった。

海兵師団が二十一日にギルバート諸島のタラワとマキンに上陸し、海軍守備隊と激戦の末、二十五日に制圧した。

中部太平洋の島で、海軍守備隊がアメリカの海兵師団と激しい戦闘を展開している最中、米英中の三ヵ国の首脳がカイロに集まって会談し、二十七日には日本の無条件降伏をうながす「カイロ宣言」を採択する。

さらに米英中の首脳は、ひきつづき二十八日からテヘランでスターリンとも会談した。

このテヘラン会談で、戦争犯罪人の処断をめぐって、スターリンから提案があった。それは十二月一日のディナー・ミーティングのときで、スターリンはチャーチルとルーズベルトを前に、ドイツへの復讐心をむきだしにした。

「連合国の勝利の暁には、五万人余りのドイツ軍将校と専門家を直ちに射殺すべきである」

これに対してチャーチルは、「そのような卑劣な行為によって自分および自分の民族の名誉が汚されるよりは、むしろこの場で、庭につれだされて射殺される方を望む」と、スターリンを牽制した。しかしルーズベルトは、「四万九〇〇〇人だけ」銃殺刑に処せられるべきであろうと応じた。

この会話の内容は直接には、ナチスドイツの犯罪者にむけられたものである。

しかし、戦争における「途方もない犯罪」のすべてに報復が加えられること、すなわち、いわゆる「戦争犯罪人」に対して、連合国が勝者の立場から処断することで合意したことは戦後、日本の戦争犯罪を裁く道筋をつけることになる。

南太平洋では、ブーゲンビル島に上陸したアメリカ海兵師団が、さらにラバウルのあるニューブリテン島へとせまっていた。

ちょうどこのころ、陸軍部隊をスラバヤへ輸送し、港内に錨をおろしていた「足柄」に、艦隊司令部から伊八潜が無事にシンガポールへ入港したことを報せる極秘電報がはいった。

左近允司令官は数名の参謀をともない、海軍機でシンガポールへ飛んだ。

「もうここまで帰ってくれば、安心ですね」

水雷参謀の小山田正一少佐が、窓の下にひろがる南洋の海をながめながら嶋内へ話しかけた。すると前の席の司令官の耳元にまでとどく罵声がとんだ。

「バカ野郎、貴様はなんも知らん奴だ」

と嶋内が小山田を一喝したのだった。

小山田の耳にはまだ入ってなかったが、ドイツからの復路、無事にインド洋をのりきった伊八潜は、もともとペナンへ寄港する予定だった。しかしマラッカ海峡にイギリス潜水艦が潜入しているとの情報があり、ペナンの潜水隊司令部はやむなくシンガポールへ直行するように伊八潜へ命令したのだった。

シンガポールは訪独第一便の伊三〇潜が日本への帰国を間近にし、イギリス軍が敷設した機雷にふれて沈没した因縁の場所である。その伊三〇潜の場合も、もともとシンガポールに寄港する予定はなかった。海軍省の兵備局が軍令部に相談もなく、暗号機をシンガポールに立ち寄って積んで帰るよう伊三〇潜に依頼したため、その用件一つのためシンガポールへ立ち寄り、出港直後に無念な結末を迎えてしまったのだった。

そんな因縁があったので、十二月五日午前十一時、伊八潜が何のトラブルもなく、ひそかにシンガポールのセレター軍港第一〇号岸壁に着岸すると、関係者はひとまず、ほっと胸をなでおろしたものである。

シンガポールの水交社で、南西方面艦隊の幹部と伊八潜の内野信二艦長以下主な乗組士官が情報を交換しあったあと、ひきつづき歓送迎会があった。

そのさなか、多田参謀長が険しい表情で左近允司令官をホールのすみへ呼んだ。

「けしからんことが起こった」

と多田は眉間にしわをよせた。

「わが国の病院船をアメリカが攻撃し、多数の死傷者がでた。国際条約違反もはなはだしい。やつらはまさに鬼畜だ」

と多田ははき捨てるようにいった。

一一二九人の傷病者をラバウルで収容した病院船ぶえのすあいれす丸が、西カロリン諸島のパラオへむけて航海していたところ、十一月二十六日にB24の爆撃をうけた。病院船であることはひと目でわかるはずであるが、投下された爆弾が一発命中して船は四十分後に沈没してしまった。八〇人が爆死し、さらに一八隻のボートに分乗して漂流している間、米軍機のしつような機銃掃射を受け、日本側に救助されるまでに、一五四人が死亡またはは行方不明となったという
すでに同じような惨劇がこの年の三月はじめにおこっていた。

日本の将兵約七〇〇〇人をラバウルからラエに運んでいた輸送船団が連合軍航空隊の攻撃をうけ、輸送船八隻がすべて沈没した。このとき、連合国の戦闘機は波間に漂う日本の救命艇や上陸用舟艇に救い上げられた兵士たちに容赦なく機銃を掃射したため、無抵抗の将兵た

ちが数多く殺戮された。

このことは左近允も知っていたが、ぶえのすあいれす丸のことは初耳である。

「政府はスペインをつうじて、アメリカ政府へ厳重に抗議し、責任者の処罰を要求したが、アメリカ側は赤十字の標識がはっきりせず、貨客船だと信じて攻撃した、ということらしい」

「かりに誤認にしろ、救命艇まで撃つものか。まるで射撃の標的じゃないか」

「そのとおりだ。やつらには武士道のかけらもない」

多田はグラスのビールを一息にのみほすと、ワルツがながれる会場の方へもどっていった。

翌日、伊八潜に乗船していたラインホールド陸軍少佐と三名のドイツ人技師、それにドイツとフランスの日本大使館に駐在していた二名の武官は、重要機密書類をたずさえ空路、日本をめざして飛びたっていった。

かれらを見送ったあと、左近允は参謀たちをともない、海軍機でバタビアに引き返した。

帰路、眼下には昨日とかわらない南洋の海がひろがっていたが、参謀たちの表情は一様にかたくおもかった。

三

戦争は人間の常軌をこえた世界へ、その舳先を大きく転換しはじめていた。

年が明けて昭和十九年にはいると、マレー半島近海、豪北、東インド洋方面で連合軍の航空機と潜水艦の活動がいっそう活発になった。

艦隊司令部は第一六戦隊の兵力輸送の機会を利用し、航空部隊の雷撃訓練をたびたびおこなった。輸送業務をおえた艦艇が、航空部隊に協力して訓練海域を警戒航行する。異変を発見すればただちに訓練を中止し、戦闘行動にはいる。

一月五日からはじまった訓練は、九日に第三回まで無事に終了した。

一月十一日、「球磨」と「浦波」は四回目の訓練のためペナンを出港し、この日の訓練地点であるペラク島の南方海域へむけて警戒航行をしていた。上空には水上偵察機と陸攻機が一機ずつ対潜警戒飛行をつづけている。水平線に雲がなびいていたが、よく晴れて視界はよかった。

「浦波」が陣形の先頭に位置し、後方二キロの距離をたもって「球磨」がつづき、五分間隔で変針一斉回頭の「之字運動」をおこなっていた。

十一時四十二分だった。

双眼鏡を手にした「球磨」の見張員が塩がれた声をはりあげた。

「竹竿らしきもの、右三〇度三三分」

すぐにつづけて、

「海上から高さ一尺ほど、静止している」

と報告し、さらに、

「垂直、青くぬってある！」

と説明した。

同時に固定双眼鏡をのぞいていた見張長がその竹竿らしきものを確認し、見張員にひきつづき見張っておくように指示し、航海長へ報告した。その間、見張員は固定双眼鏡をつかって見張りをつづけようとしたが、「竹竿」を見失ってしまった。しかし報告をうけた航海長が一分後に、一二センチ双眼鏡でおなじ目標物を発見した。

「右六〇度、一五〇〇メートル付近に浮遊物あり」

航海長の指摘で見張員もふたたび目標物をとらえ、「竹竿！」と報告した。

「よく見ろ、潜望鏡ではないか」

と航海長が注意をうながした直後だった。

見張長が大声をあげた。

「右八五度、一三〇〇メートルに雷跡！」

「取舵いっぱい！」

と即座に航海長が叫んだが、間に合わなかった。

十一時四十五分に後部機械室と艦尾に魚雷が二本命中した。

「球磨」は瞬時に右舷に傾斜、みるみる艦尾から水没しはじめ、さらに搭載していた爆雷が自爆して十一時五十七分に沈没した。戦死者一三八名にたっする惨事となった。

「浦波」は海上に浮かぶ生存者を救助していったんペナンへひきかえすと燃料を補給し、敵潜水艦を掃討するためふたたび夜の海へ出撃したが、戦果をえることはできなかった。「球磨」を撃沈したのはイギリス潜水艦「トーリー・ホー」で、日本側の無線はすでに傍受されており、暗号を解読した敵の潜水艦隊は訓練海域に関する情報を入手していた。

翌々日、ペナンの艦隊司令部で会議が開かれた。

「球磨」の被雷について意見を交換し、

「怪しい浮遊物については、煩をいとわず回避し、しかるのちにこれを砲撃するなどして、真否を確認することが肝要である」

と、まことにありきたりな戦訓をまとめた。

いったん休憩し、再開すると議題がかわった。

冒頭、高須長官が浅黒い顔で参謀たちを見回しながら、陸軍のインパール作戦のことをかいつまんで話した。

「海軍としても、この際、何らかの支援をしなければならん」

と高須は海軍の立場をのべた。

すでに一月七日、大本営はインパール作戦を決定している。

「南方軍総司令官ハ『ビルマ』防衛ノ為適時当面ノ敵ヲ撃破シテ『イムパール』附近東北部印度ノ要域ヲ占領確保スルコトヲ得」というこの作戦の指令は、方面軍と南方軍の司令部をへて上がってきた牟田口（むたぐち）中将の構想をうけいれたことを示している。

ビルマと国境を接するアッサム州のインパールを陥れ、イギリスとインド連合軍の脅威をのぞいてアッサム州を確保すればビルマは安定し、さらにはインドから蔣介石軍への軍事物資の輸送線である「援蔣ルート」の遮断もできる。ひいてはインド国内の反英運動にも手を貸すことになるこの作戦は、二年ばかり前から懸案となっていたが、前年の三月にビルマ方面軍が新設され、牟田口第一八師団長が同方面軍の第一五軍司令官に昇格したことで実現した。

南西方面では、ビルマ沿岸海域が連合国軍の支配下にはいろうとしていた。また一方、東部ニューギニアでは連合軍の侵攻がはじまっている。

輸送業務を主とした後方支援や警戒航海、それに訓練ばかりがつづく日々に、第一六戦隊の現場の艦の将兵のなかには艦隊司令部にたいして不満をいだく者もいた。防衛を主とする作戦にふがいなさを感じていたのである。このまま手をこまねいているだけなら、敵の潜水艦にまたやられるおそれがあった。陸軍のインパール作戦に呼応して、南西方面艦隊も攻勢に転じるべきではないか。若い士官のなかには、作戦をめぐって幹部将校につめよる者もあらわれていた。

艦隊司令部の会議では、平参謀のひとりが、

「この際、われわれも思い切った作戦を取るべきだ」

と、現場の空気を反映した発言をすると、そうだ、そうだ、と賛同の声があがり、

「われわれも前線に兵力を押し出すべきだ」

とする意見が参謀たちの大勢となった。

しかし、限られた戦力でどこに攻勢をかけるか、その場所や目標となると南西方面は広大で、雲をつかむようなところがある。

ころあいを見ていた高須が、多田参謀長に発言をうながした。

多田はテーブルを一つたたいて、注意を喚起させると、いった。

「インド洋で、敵の船舶を拿捕(だほ)したい」

ちょっと間があり、

「撃沈ではなく、拿捕ですか」

と質問が飛んだ。

「うん。沈めちゃいかん。捕まえるんだ。それも物資を満載している貨物船をねらう。わが国はいま、物も船も極度に不足している。船舶をつぎつぎに捕獲し、敵の海上交通線を破壊においこむ」

多田は杉江一三主務参謀に机上演習用の地図をひろげさせた。

テーブルの上の地図を多田は棒で二ヵ所、指し示した。

「ここ豪州西南のパースと、インドのセイロン間には航空路がある。が、同時にこの空域の海上は貨客船の航路になっておるから、このライン上をさがせば、貨物をいっぱいつみこんだ船を見つけることができるはずだ」

と多田は説明した。

ただ航路上を索敵するといっても、インド洋ははてしなく広い。

水上偵察機で索敵すれば貨客船を見つけることは可能だが、インド洋の制空権が確保できていない現状では、索敵そのものに危険がともない、拿捕にでた奇襲隊が敵の爆撃機や潜水艦の格好の標的になるおそれは十分にあった。

多田はそのことにはふれずにしめくくった。

「この作戦が成功すれば、援蔣ルートへの軍事物資の供給に打撃を与えることにもなり、インパール作戦を支援する目的もはたせる。奇襲部隊の編成など具体的な作戦については軍令部に指示をあおぎ、これからつめていきたい」

高須長官は参謀たちを見回し、おおきくうなずいてみせた。

三日後の一月十六日、高須と多田はシンガポールの海軍官舎の一室で、バタビア（現・ジャカルタ）から呼び寄せた左近允に、つぎのような海上交通破壊戦の作戦命令の案を示した。

一　南西方面部隊ハ甲巡二隻ヲモッテ無補給一行動ノ範囲ニ於イテ　豪洲北西方海面敵飛行艇哨戒圏外ニ出撃シ　敵ノ海上交通線ヲ破壊シ　且ツ敵ノ海上兵力ノ交通保護ヲ牽制拘束セントス

二　本作戦ヲ「サ」第一号作戦ト称ス　「サ」第一号作戦部隊ハ　X日前三日ニ編成シ　作戦終了後特令ニ依リ編成ヲ解ク

三　兵力部署、括弧内ハ指揮官ト兵力

㈠奇襲隊（第十六戦隊司令官、「足柄」「青葉」）

(二)支援隊（第二十八航空戦隊司令官、二十八航戦ノ大部）
(三)警戒隊（第二南遣艦隊司令長官、長官所定）
(四)潜水部隊（第八潜水戦隊司令官、八潜戦ノ一部）
(五)通信部隊（第三聯合通信隊司令官、三聯通）
(六)補給隊（大井艦長、「大井」「鬼怒」、第十九駆逐隊）

三　各部隊ノ作戦要領

(一)　奇襲隊

「X日ニ出撃、『スマトラ』西岸ニテ補給ノ上、印度洋南東部海面ニ於イテ作戦、X日カラ十四日マデニ『ジャカルタ』ニ帰投ス」

「出撃航路『スンダ』海峡、帰投航路『スンダ』海峡、状況ニヨリ『ロンボック』海峡」

「敵船ハ之ヲ拿捕シ・情況ヤムエザル場合之ヲ撃沈スベシ」

「捕虜ハ努メテ之ヲ獲得スルモノトス」

(二)　支援隊

「『スマトラ』及瓜哇(ジャワ)島西部地区ニ兵力ヲ配備ス」

「X日ノ一日前マデニ『ココス』島ノ偵察ヲ実施」

「一部兵力ヲモッテ奇襲隊出撃航路海域ノ索敵ヲ実施ス」

「拿捕船アリタル際ハ『スンダ』海峡通峡マデ警戒ニ任ズ」

㈢　警戒隊
「奇襲隊及ビ支援隊ノ行動中之ヲ警戒ス」
㈣　潜水部隊
「X日ヨリ十日マデ　潜水艦三隻ヲ『セイロン』島周辺ニ配備シ　敵海上部隊ノ出撃ヲ監視シ奇襲部隊ノ作戦ニ策応スルト共ニ敵ヲ捕捉撃滅ス」
㈤　通信部隊
「特ニ通信諜報ニ重点ヲ置キ敵船舶ノ所在、艦艇、哨戒機ノ動静ヲ速カニ察知シ奇襲隊ノ作戦ニ資ス」
㈥　補給隊
「奇襲隊指揮官ノ指揮ヲ受ケ　奇襲隊『スマトラ』西岸出撃マデ之ト行動ヲ共ニシソノ警戒ニ任ズルト共ニ　X日三日後『スマトラ』西岸ニ於イテ奇襲隊ニ対シ補給爾後『ジャカルタ』ニ於イテ補給ノ上『バンカ』島附近ニアリテ待機シ　奇襲隊帰投時ノ警戒補給ニ任ズ」

作戦命令案に目をとおしていた左近允は顔をあげた。

敵の艦艇や基地ではなく、出撃の相手は貨客船である。

交通破壊作戦と名づけているものの、要は敵の商船を捕獲することが主目的である。作戦名が、陣頭指揮する自分の名前にちなんで「サ」第一号作戦と名づけられていることは誇らしいのだが、初めての実戦の相手が貨客船ということに、武人として忸怩たる思いがしないでもない。しかし戦況は日本に悪く、もはやなりふりを構う余裕はなくなっていた。

左近允の心境を察し、高須が機先を制した。

「今回の作戦は総力戦になる。ココス島はバタビアから千キロも先の洋上ですからな。ちょうど琵琶湖ぐらいの大きさの島でイギリス軍の基地もあった。この島のさらに南方の敵の交通路にたどりつけば、作戦は成功したようなものだ。しかしそれまでに、敵に発見され、連合国の戦闘機や艦艇と一戦を交える機会も十分にある。『足柄』も『青葉』も戦闘への備えを十分にしてもらいたい」

高須のいうとおりだった。

敵の偵察機もさることながら、ココス島近辺へ行きつくまでに、潜水艦に発見されるおそれがあった。そこで南西方面艦隊は総力をあげ、奇襲隊をインド洋上の奥深くまで出撃させるための支援態勢をとっていた。とくに潜水部隊がココス島周辺海域まで出動し警戒任務についてくれることは、奇襲隊を率いる左近允としても頼もしかった。

「了解しました。この作戦に『青葉』が参加するのは、私としても心強いかぎりです」

と左近允は応えた。

「青葉」は、大正十三年二月、三菱長崎造船所で起工された重巡洋艦である。昭和十五年に大改造をおこない、外見も性能も一新され、中部太平洋の島々の攻略戦やミッドウェー海戦、さらには第一次ソロモン海戦にも参加している。修理と最新レーダーの装備や機銃の増設のため、呉のドックに四ヶ月ほど入渠し、一月前に南西方面艦隊の第一南遣艦隊に配属されたばかりだった。「サ」号作戦が発令されると、第一六戦隊に所属し、左近允司令官の麾下にはいることになる。艦長の山森亀之助大佐は、左近允よりも海兵五期後輩で山形出身だった。

出撃のX日についてはインパール作戦が実施される三月初旬とする方向で、軍令部の意向を伺っているところだ、と多田が補足した。今回の作戦には、海軍上層部もおおいに期待しているという。

左近允は奇襲隊の作戦命令案に再度、目をとおした。

ひとつ、気になることがある。

窓を背にして座っている高須にたしかめた。

「捕虜は努めて捕獲せよ、とあるが、やむなく撃沈した場合は救助し、つれて帰る、と解してよろしいか」

ここ数ヶ月、南洋の暑熱にやられ、頬骨がうくほどにやせた高須の顔に一瞬、困惑の表情がうかんだように見えた。

高須はくぼんだ眼窩の奥の目を光らせ、多田に説明するように指図した。

多田はつとめて事務的にいった。

「その点については、国際条約を守るということで……」

「捕まえて、連れて帰る。そういうことですな」

と、左近允は高須に質し、念を押した。

「もちろんそうでしょう。乗客は非戦闘員だし、女子供もいるだろうから、条約どおりに扱うことになる」

と高須は明快に応じた。

しかし、なぜか三人の間に、しばらく気まずい沈黙が支配した。

官舎の大きな窓の外は、日差しが燦々とふりそそいでいる。

空へ視線をうつした左近允の脳裏に、ふたりの息子のすがたがよぎった。長男の正章も次男の尚敏もともに海兵出身の青年士官だった。いま正章は駆逐艦「島風」、そして尚敏は重巡洋艦「熊野」に乗艦している。父のあとをついだふたりの息子が父親と同じ海で同じ敵と戦う日がくるかもしれない。ふと、そんな思いが左近允の胸をさした。

沈黙をやぶって、多田が伊八潜のことを話した。

昨年の十二月二十一日、無事に呉へ帰投した伊八潜は、岡山県の玉野造船所へ回航され現在修理中であるが、修理が終わるとドイツ潜水艦と共同でインド洋上の交通路破壊作戦に従事することになるという。伊八潜は日本とドイツ間を往復という歴史的な偉業達成に酔う間もなく、今度は第一六戦隊と同様の任務を負い、インド洋へ出撃することになる、というのである。

「軍令部からの情報だと、艦長は内野大佐にかわって五一期の有泉龍之助中佐が内定した。なかなかの猛者(もさ)だと聞いている」

と多田は期待をこめた口調でいった。

するとこの高須は多田の発言にうなずき、遠慮がちにつけたした。

「ドイツと組んだため、いまの上層部はヒットラーにふりまわされている。個人的にはもう少しなんとかならんものか、と思わないでもないんだが」

高須は三国同盟にも対米英開戦にも机をたたいて反対していた。

当然、かれは永野修身軍令部総長のことを好ましく思ってはいなかった。

軍令部の指示をあおぎながら作成した「サ」号作戦の原案であったが、このますんなり裁可されるとは思っていない。何かいってくるにちがいない。それが瑣末なことですめばよいのだが……。

高須は胸中の不安を抑え、すっくと立ち上がると、散会をつげた。

一月二十日、高須四郎南西方面艦隊長官は、シンガポールのセレター軍港に停泊していた第一六戦隊旗艦「足柄」の士官室に各部隊の指揮官と先任参謀を集め、「サ」第一号作戦を発令した。

「この作戦の目的は、敵の印豪間の通商路を破壊し、その戦力の低下をはかるとともに、敵の戦力をインド洋から駆逐することによって、わが帝国海軍の東方作戦を間接的に支援し、加えて敵の船舶を捕獲せんとするものである……」

高須の口調は自信にあふれたものに変わっていた。

軍令部は艦隊の提案にたいし、機密保持に関する事項に手直しを加えたぐらいで、作戦は原案どおりに承認されていた。とくに拿捕した船舶の乗員乗客の取り扱いについて軍令部からどのような下達があるか懸念するところだったが、特段の指示はなく、艦隊司令部の方針がすんなり受け入れられたことが、高須の気分を明るくさせていた。作戦はいわば海賊に似た行為だが、無抵抗の民間人に危害を加えることはない。このとき高須は作戦の最高責任者として、捕獲した民間人はバタビアの捕虜収容所へ送ることを想定していたのだった。

四

一月末、マーシャル諸島へアメリカ軍が来襲した。

二月五日までに、メジュロ、クェゼリンなど主要な島の日本軍は玉砕し、そのほかの島々の守備隊はとりのこされ孤立した。二月七日、軍令部は中部太平洋方面の戦局の重大化により、ペナンにあった南西方面艦隊の司令部をジャワ島のスラバヤへ移転した。

これに先立ち二月一日、連合艦隊司令長官古賀峯一はトラック島に停泊していた戦艦「長門」と「扶桑」、重巡の「愛宕(あたご)」や「鳥海」など主力部隊にパラオへの移動を命じた。空母部隊が日本で修理または整備中だったため、アメリカ機動部隊の一方的な空襲にさらされる危険があったからである。

予感は的中した。二月十七日と翌十八日の二日間、トラック島は大空襲にさらされた。撃破された航空機二七〇機、艦艇九隻と輸送船三四隻が海没し、倉庫、建物、燃料タンクなど陸上の施設の大半が炎上した。

トラック空襲の翌日、高須長官がセレター軍港にいた旗艦「足柄」へやってきた。直前に連絡をうけていたが、長官自らが単独で戦隊司令部へ足を運ぶのは異例中の異例である。参謀たちは何事かといぶかり、一様に表情を硬くした。おりしもトラック島の惨憺たる戦況をつたえる電信が、つぎつぎと届いている。

海上の内火艇から、舷側につけたラッタルをのぼって「足柄」に乗りこむと、高須は出迎えた左近允の前で息をととのえた。日差しがつよく、額には汗がふきだしている。

司令官室へはいるとすぐに人払いをし、左近允とむきあった。

にがりきった顔で明かした。

「この『足柄』をよこせ、と連合艦隊司令部はいってきた」

うすうす事情を察知している左近允は、

「やはり……」

と一言もらすと、天井をにらんだ。

日本列島の北方にも、ひたひたと敵がせまっていた。

二月五日、千島列島の北端の幌筵島（ぱらむしるとう）がアメリカの艦艇から突然艦砲射撃をうけるという事態がおこっていた。この島には日本の北方方面を守る第五艦隊の基地があるが、艦隊配属の艦艇はすべて内地か南洋方面へ転属されていて、からっぽである。そこで連合艦隊は「足柄」に目をつけ、「足柄」を第五艦隊に編入させ、北方の警備につかせることに決めた。

もう間もなくこのことに関し、軍令部から戦時編制改定の発令がある、という。

「となると、奇襲隊は『青葉』一隻ですか」

と左近允はたしかめた。

もちろん、「青葉」だけになっても、作戦を決行する覚悟はある。

高須はよく日焼けした左近允の貌(かお)を直視した。眼窩(がんか)のおくの目が動物のように光っている。

「連合艦隊司令部にかわりの重巡を配属するようにお願いした」

「それはありがたい。よい返事がありましたか」

と左近允は身をのりだした。

「まあなぁ……」

と高須は口ごもり、おもむろにつづけた。

「第七戦隊の『筑摩』と『利根』の二隻をまわすことにした、と連絡をうけた。つまり、奇襲隊の重巡は一隻ふえて三隻になる。君も知ってのとおり、二隻とも最新鋭の重巡じゃないか。最初は耳を疑ったが、「サ」号作戦を重要視する軍令部の意向がつよく働いたようだ」

結局、奇襲隊の陣容が強化されたわけである。

にもかかわらず、高須の顔色はもうひとつさえなかった。

「長官自らお越しになるというので、作戦の中止かとみんな緊張しておりました。しかし『足柄』のかわりに『筑摩』と『利根』が応援してくれるというのなら、こんなに頼もしいことはありません」

両艦ともに第二艦隊第七戦隊の所属であり、同一行動をとることが多かった。

昭和十五年九月、高須が第二遣支艦隊司令長官のときに、両艦はかれの指揮下で南シナ海沿岸の警備に従事していたことがある。開戦のときのハワイ空襲、ラバウル占領、ミッドウェイ、ソロモン、南太平洋海戦などに参加した戦歴があり、南西方面の番犬のような役割をしている第一六戦隊の艦にくらべると、両艦はまさに海のオオカミといえる存在だった。

「筑摩」は南太平洋海戦で敵機の集中攻撃をうけて大破し、呉工廠で修理後、トラック島を拠点に輸送や警護の任務についていた。艦長は海兵四六期の則満宰次（のりみつさいじ）大佐だった。一方の「利根」は、昨年の十二月一日付で横須賀砲術学校教頭の黛治夫大佐が艦長に補されていた。

重巡の艦長は日本海軍の花形ポストで、海軍兵学校の成績優秀者か、抜群の統率力があり、実務能力に秀でた者がなることが多い。海兵の成績が中くらいの黛は後者のほうで、「軍艦戦闘部署」に関する実践的な知識や「軍艦例規」にくわしく、さらに操艦もうまいという評判だった。呉で整備をおえた「利根」は、十二月二十三日にトラック島へ進出した。そして僚艦ともに、空襲に先だってトラック島の春島泊地をはなれ、いまはスマトラ東岸沖のリンガ泊地にいる。

「君はふたりと面識はあるかね」

と高須が両艦長のことを質した。

「いえ……」

と左近允は否定し、つけたした。

「黛君は砲術では一家言ある男だ、と聞いたことがあります。砲戦の研究も熱心で独創的な理論もっている、という評判ですな」

「うん、それは私も知っている。かれは奇襲隊にうってつけだな」

「軍令部もよい人をまわしてくれました」

と左近允は声をはずませた。

「まあ、そうなのだが……」

と高須は応じ、声をぐっとおとした。

「その軍令部が妙なことをいってきた。商船を捕獲した場合、情報がとれる一部の乗客乗員以外の捕虜は処分せよ、という」

「処分ですか？」

「そう、処分だ。どういうことか、電信だけでは要領をえないので、直接話を聞いてくるように多田参謀長をいま東京の軍令部へ派遣している。潜水艦部隊にも同じ命令が出されているので、多田の帰りを待ち、ペナンで今回の作戦の最終的な説明をしたい。一六戦隊の先任参謀をよこしてもらいたい」

と高須は用件を伝達し、あとは雑談にきりかえた。

第一六戦隊の司令官がかわってからというもの、陸に上がる兵がめっきり減って、料亭の女将が頭をかかえているという噂を聞く。訓練も大切だが、陸で英気を養なえば士気も高まる。休日には兵をしっかり遊ばせたらどうか、と高須は助言した。

左近允は頬をゆるめた。

訓練も休日も従来通りなのだが、ただひとつ艦内で宴会をひらくようにした。

戦場だからといって、いたずらにしかめっつらをすることはない。訓練は厳しくやるが、ふだんは楽しくすごせるように工夫しよう、と左近允は参謀たちに語った。そして自ら先にたってまず演舞大会をもよおした。「薩摩琵琶（さつまびわ）」の音色にあわせて左近允が褌（ふんどし）一枚で舞うと、やんやの大喝采である。それからというもの、港にはいると艦内でちょっとした催しをするようになった。意図したわけではないが、陸に泊まる兵の数はぐっと減った。

「きみが薩摩琵琶で褌踊りとは、これはおそれいったよ」

と、事情を聞いた高須がひやかした。

艦隊一のダンディズムとうわさのある左近允は、ごつい手であごをなでながら貌（かお）を赤らめた。

三日後の二十二日、第一六戦隊をはなれる「足柄」にかわって、左近允司令官は旗艦をバタビアに停泊している「青葉」へ変更した。この日の早朝、左近允は参謀たちを伴い空路でバタビアへ移動し、「青葉」に戦隊司令部をうつした。

五

少し、話はさかのぼる。

「利根」と艦長の黛治夫大佐のことである。

海軍省人事局から、横須賀海軍砲術学校の黛教頭のもとへ直接電話がかかり、「利根」艦長はどうか、と事前に打診されたとき、

「ぜひ、お願いします！」

と黛は思わず大声をだし、見えない相手に頭をさげていたものである。

海兵の同期で、重巡洋艦の艦長になるのは黛がはじめてだった。

郷里の上州から太平洋へ流れる利根川の名前をつけた最新鋭の軍艦である。黛は四十四歳になっていたが、子供のようにうれしく、名誉に思った。

昭和十八年十二月一日、艦長に発令された黛は天にものぼるような高揚感を覚えた。部下を徹底的に教育訓練し、これまで二十年余り研究してきた砲術や戦術の成果を実戦で発揮したい、と心にきめた。

三日後、黛艦長は呉に係留中の「利根」に着任した。

この日は、前艦長で「長門」に栄転する兄部勇次大佐からひきつぎをうけ、兄部の退艦を見送った。

翌日、黛は作業服に着替えると、戦闘に支障をきたすところはないか、あらゆるところを点検してまわった。気がついた箇所は、すぐ改修を命じる。例えばラッタルの手摺には指がひっかかりやすい箇所があった。また滑りやすいステップはとりかえさせた。艦橋内の計器類や双眼鏡、コンパス、伝声管と椅子の配置方法などをあらため、戦闘にそなえて鉄カブトと防毒マスクを用意させた。

汚れるのをいとわず、砲塔や機銃の台座のしたにもぐりこみ、船室も機関室もつぶさに見てまわる。

口やかましい艦長がきた、と煙たがる者もいる。

とくに航海長の阿部浩一少佐と黛は相性が悪かった。阿部は海兵恩賜組のエリートである。海軍のモットーといわれる「スマートで目先が利いて几帳面、負けじ魂これぞ船乗り」を地でゆく将校だった。

ところが黛は実戦に向かない貴族趣味的な考えには反対で、少尉候補生が着任すると、必要なとき以外は軍装をみとめず、艦内では白い木綿の作業服でとおすようにいいつけた。水兵といっしょに汗をながせ、と青年士官を督励し、自らもせわしなく動き回った。

ずんぐりした体型で、角張った顔立ちの黛と、すらりと背が高く官僚肩の阿部とでは、思考方法も見てくれも若い阿部の方がスマートである。ふたりはどこということもなく、ちぐはぐな印象をまわりの者にも与えていた。

トラック島の春島で昭和十九年の新春をむかえた「利根」の初仕事は、春島からニューアイルランド島のカビエンへ、陸兵一個大隊四〇〇人と兵器や糧食を輸送することだった。同行したのは同じ重巡の「妙高」と「羽黒」である。三艦は同数の陸兵と荷物を乗せ、一月二日に春島を出発した。

海上へでると、黛は士官を集め、もっとも効率的に陸兵を揚陸させる方法を検討した。従来だと舷側に梯子をおろし、海面に待機している出迎えの三隻の舟艇に四〇〇人が乗り移る。

ところがこのやりかたでは時間がかかりすぎ、敵機の来襲をまねくおそれがあった。陸兵の行動の邪魔になっているのは小銃である。黛はいった。

「小銃に名札をつけさせろ。ぜんぶ兵からとりあげ、わけて袋にいれ、船の起重機でいっきに舟艇までおろせ。糧食はすべり台でどんどん舟艇へおとせ。兵には丸腰で乗り移るように指導しろ。海面ちかくまでおりたら、どんどん舟艇に飛び移るように命令せよ」

命よりも大事にしろ、と訓えられている菊の御紋章入りの小銃を取り上げられるとあって、陸兵たちは猛反対だった。

説得にいかせた三井淳資副長がたじろいで、引き返してきた。

黛は自ら出向くと、まくしたてた。

「バカ野郎！　死んだら何にもならん。みんな命があってこそじゃないか。考えてみろ。小銃を後生大事にかかえ、だらだら乗り移っていたら、敵機のいいカモにされるだけだ。陸にあがれば小銃は返す。それまでできるだけ敏速に行動しろ」

艦長の迫力に気圧され、みんな押し黙った。

カビエンに着くまで、班分けされた陸兵たちは何度も上陸訓練をした。

一月四日早朝、艦隊がカビエン港の沖合に並んで漂泊すると、上陸用舟艇が三隻ずつそれぞれ割り当ての艦に接舷した。号令一下、上陸作業がはじまった。

「利根」は二十六分間ですべて終了し、高角砲は敵機の襲来にそなえ上空をにらんだ。「妙高」と「羽黒」はさらに三十分かかって作業を終えた。

他の二艦に勝ったことで、黛の信望はおおいに高まった。

黛は部下をしたがえ、艦のすみずみまで見てまわるようになった。艦長の意向は末端の水兵までいきわった。

春島にもどると、さっそく乗員の教育訓練に励んだ。

そんなある日、一月十九日のことだった。

この日の起床は早朝の四時、朝食後に環礁の外へ艦を遊弋（ゆうよく）させ、主砲の実弾射撃と高角砲と機銃のやはり実弾による射撃訓練をおこない、夕刻に春島の北東部にある第一飛行場の沖合に停泊し、夜間の艦載機による雷撃訓練にそなえた。

第七戦隊が中心となった艦隊側は、航空母艦「瑞鳳」から飛び立った十数機の艦攻隊を迎え撃つ。爆音でふるえる闇夜に探照灯が幾筋も交差し、九七式艦上攻撃機が曳く吹き流しをとらえると、機銃がはげしく火花をちらした。そして曳光弾（えいこうだん）がマストすれすれに飛びさる戦闘機の航跡を、闇夜にあざやかに映しだす。

実戦さながらの訓練が終わると、

「解散、休め！」

の号令が次々に艦内をかけめぐり、静寂がおとずれる。

艦橋見張員の大蔵茂雄二等兵曹は非番だったが、右舷の角にある三番一八センチ双眼鏡をのぞいて、第一飛行場へ着陸していく九七艦攻の翼の灯とエンジンの炎をみつめていた。日中から雲におおわれていた空は月も星も見えず、真っ暗である。灯火管制がしかれているため飛行場の周辺も暗やみである。

飛行機は数分ごとの間隔をおいて、闇のなかに赤と青のふたつの点となってあらわれ、すーっと闇のなかへ光の尾をひきながら着陸していく。双眼鏡でその様子を見つめていた大蔵があっと声をあげた。

これまでよりもずっと低いところにあらわれたふたつの光が、角度を下げたとたん、視界からかき消えてしまったのである。飛行場に届かず、飛行機が海上に不時着したらしい。

ふりかえって、艦攻が一機、着水したもよう、と航海長に報告した。

阿部がかけよってきて、双眼鏡をのぞいたが、なにも見えない。

「確かなのか」

と念を押した。

「翼とエンジンの灯が、ふっと消えました。明らかに着水です」

伝令をはしらせ、黛に報せると、至急探照灯を照射せよ、と命令があった。

大蔵が示す方向へ光をあてると、尾翼が海上につき立っていた。

内火艇が急行し、三名の搭乗員を救助した。

「大蔵、大殊勲じゃないか」

と艦橋にやってきた黛は、大蔵を誉めた。

翌日、航海科の分隊員が集合した中で、三井副長から大蔵に表彰状が授与された。

大蔵茂雄兵曹は帝国海軍軍人の亀鑑(きかん)である、と黛艦長が太い筆遣いでしたためた表彰状を手にし、二十歳になったばかりの若い大蔵は、視力のよい目をくれた郷里福井の両親に感謝し、また大手柄をたてることをひそかに誓った。

二月一日、連合艦隊司令長官古賀峯一（こがみねいち）大将の指示で、戦艦「長門」をはじめ多くの艦艇がトラック島の泊地をはなれた。「利根」が同じ第七戦隊の「熊野」「鈴谷」「筑摩」とともに、西カロリン諸島のパラオに着いたのは四日の朝のことだった。

六日の日曜日、「利根」の乗員に上陸が許可された。

第一次大戦後から日本が統治しているパラオは、現地人の三倍をこえる日本人が暮らしていた。開戦当初、日本艦隊が停泊し、乗員が上陸すると、南洋庁につづく道路の両脇は日の丸の小旗をふる人々であふれた。

しかし、ここ最近、島は大きく変化していた。

広い通りの両側に並ぶ椰子の大木や華やかな色彩の植物、そしてその奥にならぶ解放感のある住宅のたたずまいは変わらないものの、人通りはめっきりたえていた。がらんとした島に熱帯のつよい日差しが容赦なくふりそそいでいる。

「利根」では、柔剣道の部員が集まり、南洋庁の前に建つ演武場を借り切って、久しぶりに汗をながした。剣道も柔道も腕におぼえのある有段者ばかりである。日がたつと、練習はしだいに熱をおび、試合の前日のような雰囲気になった。

十日間、パラオで英気を養った第七戦隊の四艦は、二月十六日にパラオを出港し、「利根」など三艦は五日後の二十一日にリンガ泊地へはいった。「筑摩」は一日遅れて二十二日にリンガの海へ錨をおろした。

スマトラ島の北東に位置するリンガ泊地は、シンガポールの南東一〇〇海里のところにある。石油産地のパレンバンに近いことから、連合艦隊は早くからこのおだやかな内海に着目していた。あたりはほどよい水深で、特定の水路を警戒すれば、敵の潜水艦の進入も防ぐことができる。

ところで、第七戦隊がリンガ泊地へ移動中、連合艦隊司令部から「熊野」に座乗の白石万隆第七戦隊司令官にたいして、「利根」と「筑摩」を「サ」号作戦に参加させるため、一時、第一六戦隊司令官の指揮下に入れるという命令が出ていた。

「筑摩」の則満と「利根」の黛の両艦長は、リンガ泊地の第七戦隊司令部でこの命令を白石司令官から口達された。

「しばらく、第一六戦隊の左近允司令官の指揮下にはいることになる。『サ』号作戦の奇襲部隊の中核だ。おおいに戦果をあげてくれ」

と白石はふたりの艦長を督励した。そして「サ」号作戦というのは、インド洋における敵交通通商路を破壊するためのものである。くわしいことは出撃前の作戦会議で検討することになるだろうが、いまから万全の準備をし、士気を高めておくようにと助言した。

「利根」にもどると、

「通商路破壊とは、どういうことだ?」

と黛は三井副長に意見をもとめた。

「商船か貨物船をつかまえろ、ということかと思います。ご承知のとおりインド洋には、豪州のフリーマントルからインドのセイロンを結ぶ通商路があります。このルートを使ってインドに軍事物資が運ばれている」

「そりゃわかっとる。その通商路のあたりにイギリスの艦艇はおらんのか」

「さあ、そのへんの情報はまだつかんでいません」

「通商路をやれでは、砲戦にはならんな」

　黛のかねてからの願いは、アメリカの艦隊と正面からわたりあい、砲戦をいどむことだった。大砲の命中率では、日本の海軍の方がアメリカよりも三倍は上回っており、アメリカに制空権を奪われない状況で艦隊同士が撃ち合えば、かならず日本が勝利するという信念が黛にはあった。

　発砲を受けるか、あるいは停船命令を無視して商船が逃亡する場合以外に、こちらから一方的に発砲することにはならない。そのことが黛には物足りなかったが、作戦に参加する以上、ほかの艦に負けない戦果をあげたい、とはやくも黛の功名心が頭をもたげた。

「利根」は、リンガ泊地で燃料や糧食の補給をうけながら、出撃にそなえた訓練をはじめた。

左近允司令官の座乗する「青葉」を旗艦とする第一六戦隊の艦がリンガに勢ぞろいしたのは二十五日である。

第二章——インド洋

一

「サ」号作戦のため、バタビアからリンガへ「青葉」が移動しようとしていた朝、艦隊司令部から参謀を至急派遣せよ、と電報がはいった。

作戦命令が高須四郎長官から第一六戦隊に対して、正式に下達される。

左近允司令官は嶋内百千世先任参謀をへやに呼んだ。

「ご苦労だが、ペナンまで頼むよ」

嶋内は受命し、「はっ」とみじかく応えると両脚をそろえて敬礼した。

海兵五二期の嶋内は海軍大学へすすみ、海軍省人事局をへて第一六戦隊先任参謀に補されたエリート将校である。小柄だが土佐人らしい剛胆さがある。

「なにか、他にございませんか」

と、嶋内は指示をあおいだ。

左近允はかるくうなずいた。

「ひとつ、捕虜のあつかいについて、艦隊司令部の最終的な意向を確認してくれないか。多田参謀長から話があるだろうが、遺漏がないように願いたい」

作戦の立案にかかわったときから、もっとも気にかかる点だった。

「拿捕すれば、船も捕虜もバタビアへ連行ですね」

「まあ通常ではそうだが、潜水艦部隊も破壊作戦をやる。こちらはどうやら軍令部じきじきの意向だ。それで潜水艦部隊のほうは捕虜をどうするのか、艦隊司令部の考えを聞いておく必要がある」

貨客船を拿捕した潜水艦が、捕虜にしたたくさんの乗客乗員を艦内に収容することはできない。そこで第一六戦隊でも考えているように、回航班を組織し、船を乗っ取ると、丸ごとバタビアへ回航する。荒っぽいが、このやりかたが最も理にかなっていた。

潜水艦部隊もこのようにするのだろう、と左近允は想定しているのだが、いまひとつ確信がもてない。

司令官の胸のうちを察して、嶋内がいった。

「高須長官はジュネーブの軍縮会議にも出席された国際派です。おかしなことはやらないと思います」

「君のいうとおりだ。ただ、長官だけでは判断できんこともある。そこを心配しておる。いいずれにしろ海軍の歴史に汚点をのこすようなことがあってはならん」

と左近允は自らに言い聞かすようにいった。

水上偵察機で嶋内がペナン島の司令部に着いたのは、翌二十五日の昼だった。

高須は空路を強行軍で司令部へ出頭した嶋内をいたわり、アッサム茶でねぎらった。それから南西方面全般の戦況を話題にした。

イギリス潜水艦の出没がさかんになっていた。

「球磨」につづいて、一月二十七日には「北上」が魚雷二本をうけて中破し、乗員一二名が戦死している。「北上」は「鬼怒」に曳航されてシンガポールへはいり、ドックで修理中だった。

高須はトラック島のことにも言及した。

「まるで夏の陣のあとの大坂城のようになった、というじゃないか」

と眉宇をくもらせる。

丸裸にしたものの、アメリカはトラック島に上陸はしていない。

空襲のあと、海軍の水兵たちが一升瓶をかた手に、慰安所の女性たちとトラック神社の崖で避難生活をしている様子があらわになって、陸軍から「なんだ、あのざまは!」「連合艦隊はどこへいったのか」などの声があがった。南洋ののんびりした空気で気がゆるみ、椰子の木陰で女性のサービスばかりうけている毎日がつづくと、いざというときにこのように無様な醜態をさらすことになる。

こうした苦言を高須は戦訓として嶋内につたえたあと、作戦の目的については参謀長の多田から、また詳細な説明は杉江一三主務参謀から作戦命令をうけとるときに聞いてもらいたい、といって口をむすんだ。

一呼吸おくと、嶋内は参謀長室で多田に会った。

口達するので、要点を筆記するように多田は命じた。

「間接的には……」

というと多田は口ごもり、ノートをひろげた嶋内をいちべつし、「サ」号作戦の目的を説明した。

もともとインパール作戦を援護するものだが、本作戦は南西方面艦隊が独自にやるものではなく海軍上層部、すなわち軍令部の遠大な意図にそっておこなわれるものである。船舶不足に鑑(かんが)み、作戦の本来の目的は通商路の敵の貨客船の捕獲にある。可能なかぎり捕獲し、貨物も船体もそっくりバタビアへもって帰る。したがって奇襲隊の三隻にはそれぞれ拿捕回航班を相当な陣容で組織してもらいたい。とくに回航班は出撃から商船の捕獲にいたる日まで、毎日特別な訓練に精励されたし。

嶋内はノートから顔をあげた。

「その特別な訓練といわれるのは？」

「それについては、こちらで七点ほど考えておるが、各艦艇でさらに工夫すればなおよい」

というと、多田は以下の項目を筆記させた。
商船内の状況説明（敵商船を数多く研究しておくこと）
隊装の装着訓練及び武装点検（回航班は特段の武装を用意すること）
捕縛訓練（練度をたかめておくこと）
軽機銃及び拳銃取扱訓練（船室内で実射を想定した訓練をすること）
規約信号通信訓練（准士官以上は全員行なうこと）
机上演習（准士官以上が行なうこと）
敵船拿捕訓練（自艦を敵船と仮想し行なうこと）
それぞれの項目について詳細な説明をおえると、多田は椅子からはなれ、嶋内に背中をみせ窓際に立った。
ノートをまとめ終えた嶋内は、多田がふりかえるのを待った。
スコールが近づき、いましがたまで明るかった外が、にわかに暗くなった。
屋根をうつ雨音がわきあがった。
「あとのことは杉江君のところで聞いてくれ」
「わかりました。しかしひとつだけ、参謀長に大事な質問があります」
「なんだ？」
と、多田は降りしきる雨粒を見つめたまま応じた。
「捕虜にした乗客乗員は全員バタビアへつれて帰る。これでよろしいですね」

と嶋内は多田の背中に訊ねた。

　多田はふりかえり、押し返すようにいった。

「そのことは杉江君から指示がある。かれからよく聞き、奇襲隊に周知徹底するようにしてもらいたい。わたしからは以上だ」

「バタビアへ連れて帰る、と作戦命令に記載されていますか？」

「捕虜取り扱いの基本は示してある。くわしいことは、参謀長口達ということで杉江が説明する」

「ペナンの潜水艦部隊も通商破壊をするとうかがっておりますが……」

　と嶋内はくいさがった。

　多田は眉をひそめ、声を大きくした。

「インド洋の制圧にわが海軍は全力をあげている。『サ』号作戦を実施する第一六戦隊はそのことを肝に銘じてもらいたい。それと、潜水艦には潜水艦独自の作戦がある。いまそのことに君が関知する必要はない。それだけだ」

　多田はぴしゃり、嶋内の追究を封じ、手で退室するように指図した。

　嶋内はもどかしい思いにかられながら、会議室の一角で杉江とむきあった。

　艦隊司令部で作成された原案に手をくわえた作戦命令書が三〇部手交され、杉江からは細部にわたる説明があった。

　X日だった作戦開始日は、すでに二月二十八日と決まっていた。

奇襲隊の「青葉」「筑摩」「利根」の三艦は同日までにバンカ泊地へ集合し、月末までにうち合わせと図上演習などをおこなって出撃にそなえる。出撃予定日は三月のはじめだが、天候をみて判断する。航路はスマトラ島とジャワ島の間のスンダ海峡をとおって南下する。なお出撃に先立ち、支援隊がココス島周辺海域を索敵し、敵艦隊の状況を報告する。また潜水部隊はセイロン島とその北方海域に敵艦隊がいないかどうか、確認する。

また本作戦にかんする機密の保持は、本作戦の生命であり、関係文書や通信に遺憾なきようにすると共に、糧食の補給、回航班などの準備から、作戦が敵に知られることがないよう、くれぐれも注意願いたい。

杉江は海兵五六期で、嶋内の四年後輩である。

命令にもとづく説明がすむと、杉江はおだやかな表情をうかべた。

スコールが去り、外はふたたび陽光につつまれている。

杉江はいった。

「この作戦で、船舶がたくさん捕獲されることを長官は期待されています」

「有難う。ところで、捕虜の取り扱いについて、先任参謀から具体的な指示をうけろ、と参謀長からいわれている。乗客乗員はすべて捕虜としてバタビアへ連れて帰る。これで間違いないかね」

と嶋内は最終的な確認をした。命令には捕虜について「努メテ之ヲ獲得スルモノトス」としか書かれてない。

杉江は表情を変えず、事務的に淡々と応えた。

「捕虜の取り扱いについては情報が入手可能な者だけ連行し、あとの者は処分せよ、というのが本作戦の方針です。艦隊参謀長口達命令として、奇襲隊の艦長たちに伝達して下さい」

「わかった。しかし処分せよ、というのはどういうことかね?」

嶋内の顔はこわばっている。

「処分は処分です。不要な捕虜は連れて帰るな、ということです」

「拿捕した船からおろせ、ということか?」

「まぁ、そういうことになるかと……」

「つまり、不要な乗員乗客は救命ボートに移させ、洋上で放棄しろ、ということだな」

「具体的な質問には応えられません」

と杉江は明らかに困惑し、口ごもった。

「それでは、こちらが困る。説明ができん」

杉江は机上に視線をおとし思案していたが、意を決するようにいった。

「さまざまな場面が想定できますが、いずれにしろ、わが国にとって不要な者は処分し、捕虜にはしない、という方針です」

「長官は御存知か」

「もちろんです。くりかえしますよ、嶋内さん。この方針は参謀長口達という形で下命しますから、周知させる場合も口頭でお願いします」

「それでは、遺漏のおそれがある」

「そうならないように、徹底して下さい」

「しかし、非戦闘員を洋上に放置するのは人道に反するじゃないか」

「いいですか嶋内さん。放置せよ、と命じているのではありません。処分せよと命じている。そこのところをよく理解していただきたいのです」

「つまり殺せ、ということか」

　嶋内は生唾をのみこんだ。

　杉江はしずかに首をよこにふった。

「そのようなことは、一言もいっていません。不要な者は状況に応じて処分すること。これが艦隊司令部の方針です」

と、杉江は「処分」のところで語気をつよめた。

　戦隊の作戦会議で、この点について質問が出るにちがいなかった。それには何と説明すればよいか。参謀長口達が、ただ「処分せよ」だけでは、奇襲隊のみんなに納得のいく説明はできない、と嶋内は杉江を再度質した。しかし杉江は「処分」は「処分」だとくりかえすだけで、それ以上のことは一切口にしなった。

　嶋内には「処分」という頸木（くびき）で、「サ」号作戦全体がギリギリしめつけられる思いがした。リンガにもどって左近允司令官に報告するのはさすがに気が重い。

　嶋内が往還に長い影を落としながら水上偵察機が待つ軍港へいくと、杉江中佐が桟橋まで見送りに来ていた。いましがた気まずい思いで別れたばかりである。

水偵は夜間、マラッカ海峡を低空で飛び、明日の朝、奇襲隊が集結しているリンガ泊地の海面へ着水する。命令がはいった鞄を小脇にかかえなおし、栈橋のほうへおりてゆくと、連絡用の内火艇のよこにいた杉江が近づいてきた。まっ白な軍装につけた肩章がきらきら夕陽に光っている。

何事かとすこし警戒し、嶋内は立ち止まった。

杉江は歩み寄ると、

「ご苦労様です」

と嶋内へ声をかけ、ぐっと手をさしだした。

「これからリンガまで大変ですが、どうかご無事で」

とくったくのない笑顔を嶋内へむけた。

国にいのちをあずけた者同士である。

わだかまりはすぐに溶け、嶋内はさしだされた手をにぎりかえした。

「作戦が終了する日には、私もバタビアの港に出迎えにいきます。そのときにまたお会いしましょう。成功を祈っています」

「お見送りかたじけない。みなさんの期待にそえるよう頑張るよ」

嶋内は素直な気持ちで答礼すると、内火艇に乗り込んだ。

海上からふりかえると、杉江はいつまでも栈橋に立ちつくしていた。

水偵はシンガポールで給油し、しばらく休憩をとると、ふたたび夜空へ舞い上がり、二十六日の早朝、リンガ泊地の「青葉」のそばに着水した。

さっそく嶋内は左近允に報告した。

多田から具体的に指示された回航班については、奇襲隊の各艦ともすでに人員の編成をおえ、「利根」では独自の訓練もはじまっていた。「筑摩」と「利根」が加わることで、各艦に競争意識がめばえている。

大きな戦果が期待できそうだった。

しかし参謀長口達命令の「捕虜処分」は、「サ」号作戦に大きな影を落としていた。

報告をうけた左近允は、苦悶する胸のうちを押し殺し、指示した。

「二十八日に出撃地のバンカで最初の作戦会議をもつ。口達命令については、遺漏がないよう、必要な部数を印刷してくれ」

「わかりました。ところで捕虜の取り扱いについては、どうしましょうか」

杉江から「口頭」で下命するように、と指示されていた。

「口頭では周知できん。このように重大なことこそ、やはり文書にしておかにゃならん。作戦命令と一緒にあさっての会議で配ってくれ」

「回収しますか」

「うむ。捕虜取り扱いのほうは会議後、ただちに回収する。ただし捕虜を処分するかどうか、最終的な命令は司令官である私がする。勝手なことはさせん。捕虜の取り扱いについての権限は当然、私がもつ。このことは私が口頭でもいうが、しっかり明記しておくように。責任はすべて私がもつ」

重大な問題であるだけに、左近允はつとめて明快に話した。

非戦闘員である捕虜を殺害することは明らかに国際条約違反である。

捕虜「処分」の決定が高須長官の独自の判断ではなく、海軍上層部の意向であることは、左近允にも十分に推察できた。「サ」号作戦を立案し、戦局の打開に貢献しようとした高須は、作戦の仕上げのところで苦渋の決断を軍令部から強いられることになったのである。

嶋内がひきあげ、司令官室にひとりになると、左近允はなんとも抗しがたい暗鬱な気分におそわれた。

たくさんの商船を拿捕し、その戦果を誇りたいのは山々だが、商船を拿捕するたびに、百人をこえる乗員乗客を「処分」することになるだろう。しかし現実にそのようなことが可能なのであろうか。

捕獲する商船の乗客乗員は非戦闘員である。当然、女や子供もいる。無抵抗で何の罪もない人たちである。そうした人たちを敵国民という理由で殺害することが許されるはずはない。どのような言い訳をしても、艦隊司令部が命じる「処分」は、非人道的な大量殺人に他ならなかった。

　さらに、本当に「処分」を実行するとなると、いつ、どこで、どのような方法でかれらを殺害することになるのか。

　奇襲隊の作戦海域は広大なインド洋の洋上である。捕虜をずらっと艦上にならべて座らせ、いっせいに機銃をあびせて射殺する方法がもっとも簡単であるが、命令とはいえ、泣き叫ぶ女や子供に兵士は銃をむけることができるか。艦上は文字どおり屍山血河（しざんけつか）になるだろう。

　少人数に分散させ、船室内で殺害するにしても、死体の処理はやっかいである。一人ひとり抱えて甲板まで運び、丸太でも捨てるように海洋へ投棄することになる。戦争とはいえ、それはなんとおぞましい光景だろうか。

　日本も日本人も狂気の世界へと、追い詰められてゆく。

　左近允は立ち上がると、大きく息をした。

「処分」せよ、と自分の口から命令を下すことにはなるまい、と左近允は自らに言い聞かせた。捕虜は「処分」せず、捕獲した船と一緒にバタビアへ運ぶことにする。司令部からの「捕虜処分」命令がそもそも口達であるだけに、「処分」の意味内容もふくめ命令の実効性にすきがある。その微妙なすき間をつけば、バタビアへ運ぶこともできる。

　そのように自分自身を納得させると、左近允は艦橋へあがった。

　バンカ泊地へむけて出港する準備がととのっていた。第一六戦隊は一日はやくバンカへ向かい、出撃にそなえる。

司令官のかたわらで、山森亀之助艦長が出港をつげた。

「青葉」は錨をあげ、眠るように静かな海面を東へむけて動きだした。

左近允は双眼鏡をあてると、第七戦隊の二艦が碇泊している海面をみつめた。すぐに「利根」の船影が丸いレンズにうかびあがった。四つの砲塔を艦首のほうだけに集中配備し、艦尾はひろくあけて水上偵察機を搭載しているすがたは見るからに好戦的である。艦首側の二〇センチ主砲八門はななめに立ち上がって進行方向の海域を威嚇し、煙突周辺の連装高角砲は敵機をもとめて空をにらんでいた。最大速力三六ノット、航続距離は一八ノットで八〇〇〇海里に達する性能の「利根」は、まさに日本海軍が誇る傑作重巡洋艦だった。

双眼鏡が艦上をうごきまわる人影をとらえた。

出撃にそなえて、訓練をしている最中のようだった。

「『利根』ですか」

と艦長の山森が左近允のながめている方向へ自分の双眼鏡をむけた。

「やってますね」

「うむ。用意周到だな」

いったい、どんな人物なのだろうか。

左近允は黛に対し、個人的な興味を感じた。早く会ってみたい。

この艦長なら、「利根」を思う存分に動かし、みんながおどろくような戦果をあげるかもしれん。

双眼鏡を目からはずすと、山森が左近允のほうをみていた。

「『青葉』も明日バンカに入れば、回航班が敵船に乗り込む訓練をやります」

「そうか、ひとつ士気をしっかり高めてくれ」

と左近允は応え、二度三度うなずいてみせた。

「利根」と「筑摩」が共にバンカ泊地にすがたをあらわしたのは、二十八日の午前十一時過ぎである。これをもってこの二艦は正式に南西方面艦隊に編入され、第一六戦隊の左近允司令官の指揮下にはいる。

奇襲隊の作戦会議に参加するため、艦長と主な士官たちが「青葉」にやってきたのは、この日の昼過ぎだった。

左近允司令官は、第一六戦隊の参謀たちに正装を命じ、自らも軍装に真っ白な帽子と靴、それに白の手袋でふたりの艦長を司令官室の入り口で出迎えた。

黛はすでに面識のある則満のあとから、よくこえた上体をゆするようにせかせかと歩いてくると、左近允の前で両脚をそろえ、ちいさく敬礼した。小柄で腕が短く、その上せっかちなのか、黛の海軍式の敬礼は「よおっ」と手をあげる感じがなくもない。左近允が答礼をかえすと、黛は濃い眉毛をよせ、あごの張った四角い貌をむけると階級と姓名を名乗り、

「このたびは、作戦に参加する機会を頂き、誠に有難うございます」

と至極まじめな挨拶を太い声でいった。

「ご支援、かたじけない」

左近允は丁重に応じると、ふたりの艦長を室内にまねきいれた。

作戦会議は午後一時から、ガンルームでひらかれた。

コの字形にならべられたテーブルの頭に左近允と嶋内先任参謀がすわり、正面に向かって右席に「青葉」「筑摩」「利根」の艦長と主な士官が着席し、左席には戦隊司令部の水雷、機関、通信などの平参謀がならんだ。作戦命令と謄写版印刷された参謀長口達は机上に配布されている。

はじめに左近允が立ち上がり、艦隊司令部の作戦目的をつたえ、マレーとインド洋方面の制空、制海権が連合国側に移りつつある、と戦雲急を告げる状況を説明した。

つづいて嶋内が作戦命令を細部にわたって説明した。

ペナンで受領した作戦内容のほかに、嶋内はつぎのことを加えた。

奇襲隊への補給はスマトラ西岸でおこなう。油槽船が不足しているため、「大井」と「鬼怒」がこの任務にあたり、この二艦は補給後にリンガへもどることにする。また、「青葉」と「利根」にはそれぞれ水上偵察機二機を搭載し、偵察飛行をおこなう。

最後に、作戦期間中を通じ、原則として無線は使用しない。艦隊司令部との連絡は緊急を要する場合に限る。奇襲隊内の通信については、「手旗」「発光」「旗旒」を使用する。ただし敵艦船を発見した場合、「青葉」がはなれていて、これらの手段をもちいても報告できないときは、無線を使用しても差し支えない。いずれにしろ、戦隊司令部へただちに報告し、司令部の指示を受けて行動すること。

ここまで説明したところで、「筑摩」の則満艦長から質問がでた。

「すると敵船への停船命令は、発光ですな」

晴れた日で視界がよい場合、発光信号は五〇キロメートルぐらい先まで届く。

「発光、それから距離が近くなれば旗旒か手旗という手段になります」

と堤通信参謀が応えた。

「この際、国際信号をいま一度、ここで確認しあったほうがいいな」

と則満艦長はみんなを見回した。

会議にそなえて、堤は「国際通信書信号篇抜粋」を用意している。

念のため、ということで、左近允の指示をあおぎ、堤は「抜粋」をみんなに配った。そこには「汝ハ直チニ停止セヨ」からはじまって、「我、汝ト直接話シタシ」「退船セヨ」「汝ハ指示舷側ニ舷梯ヲ降ロセ」「指示スル場所へ集マレ」など二五種類の信号文とそれに相当する「符字」が記入されている。

敵船に回航班を送り込むまで、この国際信号を使うことになる。

その回航班については、多田から七項目にわたってうけた説明が参謀長口達として謄写版で印刷されていた。嶋内がこれについて説明したが、各艦ともすでに回航の準備はととのっており、とくに質問はなかった。

いったん休憩し、三時から会議を再開した。

冒頭、左近允司令官は、

「できうるかぎり拿捕につとめ、やむえない場合のみ撃沈する」

とする作戦目的をあらためて周知させ、それから索敵航路の検討にはいった。

作戦期間は十四日間である。

敵船の予想航路であるココス島の南方がもっとも会敵する確率が高い。

そこで索敵の範囲をココス島から何海里とするか。予想航路をなぞって索敵するにしても、ココス島を中心に東へゆくか、あるいは西へ進むか。さらに航路から南へ下がって敵船を探すか。これらのことが議論された。

そして、バンカ泊地をでて四日目、ココス島から北東二一〇海里の地点から各艦は針路二一〇度の方向へ捜索列をはって南進し、ココス島近海まで同一行動をとることでは合意したものの、そのあとの行動で意見がわかれた。

奇襲隊の三艦がココス島を基点にそれぞれ東、西、南と三つの方向へ分かれ、単独で敵を求めたほうがよい、と「筑摩」と「利根」の副長が主張した。この単独行動案は敵船に出会う確率は高くなるが、敵の機動部隊と遭遇した場合、制空権のないわが方の重巡は一方的に撃沈されてしまうおそれが多分にある。

戦隊司令部はこうしたことを想定し、奇襲隊三艦が終始一緒に行動することを要望し、「筑摩」と「利根」の双方へ従うように求めた。

単独だと競争意識が強くなり、統制がみだれる。

左近允司令官はそのことをもっとも懸念していた。

「われわれはこの作戦の脇役ですから、まあいわば露払いと太刀持ちで、旗艦の『青葉』さんに従いますよ」

と則満が無難なことをいい、話をまとめた。

そうなると、索敵コースは一つである。

敵船の航路上を東か西へ行くコースがもっとも会敵の可能性が高く、どちらにするかでまた意見がわかれた。しかしどちらへいっても連合国の機動部隊や航空機に発見されるおそれがある。

意見が出つくしたのをみはからい、

「本作戦では、ココス島からさらに南下するコースを索敵するものとします」

と嶋内が戦隊司令部の方針を伝えると、艦長と副長たちから「おーっ」と声がもれた。

則満艦長が訊いた。

「そうなるとバタビアから遠くなるが、どこまで南下する予定か」

嶋内はとなりの司令官をみた。

左近允はちょっと思案し、出席者を見回していった。

「ココス島より南二〇〇海里までとしよう」

また、どよめきにも似た声があがり、則満がふたたび発言した。

「かなりの距離までココス島から下がることになり、敵の商船航路から逸脱することになると思いますが、はたしてそこまで南下してよいものでしょうか」

「商船はもとより、敵の艦艇も皆無ですな」

と、すかさず、だれかが則満がいうのをひかえたことを口にしたので、どっと笑いがおこった。

嶋内が説明した。

「インド洋北部でドイツとわが国の潜水艦部隊が通商路破壊作戦を展開しています。このことを勘案すると、敵は商船航路をずっと南へ下げている可能性が高い。二〇〇海里よりももっと南の航路をとっていることも十分に予測できます」

「なるほど、納得ですな」

とここで、大きな声をあげたのは黛だった。

他のふたりの艦長は意表をつかれ、黛の発言に聞き耳をたてた。

「『利根』はどんどん南下してみたいが、二〇〇海里までとする根拠を教えてもらいたい」

と黛は嶋内へ尋ねた。

「二〇〇海里は拿捕した船舶をバタビアへ連行するのに、ぎりぎりの境界線だと考えます。二〇〇海里をこえると連行は無理でしょう」

「わかった。拿捕の境界線は二〇〇海里で了解。しかし索敵はもっと南までやりたいが、よろしいか」

「なんだ、『利根』は欲が深いぞ」

と「青葉」の山森が黛を制した。

かまわず黛はつづけた。

「二〇〇海里より南で商船を見つけた場合、どうしますか」

緊張がはしり、ちょっと間をおき、左近允が応えた。

「撃沈してよいだろう」

「その場合、乗組員と乗客は救助ですね？」

と黛が司令官へ確認した。

よいタイミングだった。左近允は別に印刷させた「参謀長口達」の「捕虜処分命令」を嶋内に配布するように命じた。

全員が目をとおすのを待ち、ころあいをみて左近允はいった。

「拿捕もしくはやむえず撃沈して救助した捕虜は、情報がとれる一部の者を残して、あとの者は処分するように下達されている。ただし、いつどのように処分するかについては、すべて司令官である左近允が命令するのでそれに従ってもらいたい。よろしいですな」

室内はしばらくしんとした。

午後からはじまった会議は、五時を過ぎようとしていた。

だれかが「むし暑いなぁ」とぐちり、首すじの汗をふいた。

気まずい沈黙をやぶったのは黛だった。

「処分というのは、つまり処刑せよということですな」

左近允は組んでいた腕を机上におき、黛をみて応えた。

「具体的な内容は、そのような事態になったときに決定する」

「お言葉ですが、参謀長の口達命令は捕虜を処刑せよということでしょうが、これはヤバイ。明らかに国際法に反しています。そうでしょう、則満大佐」

と、黛はよこにいる「筑摩」の艦長の同意をもとめた。

則満は腕をくみ、目を閉じたまま黙っている。

他の者も発言をひかえ、一様に腕組みをし、天井をみつめている。

（こんなバカげたことはない！）

と黛は参謀長口達に驚き、だれもがあえて反対を口にしないことに不信感がわいた。

約二年間、アメリカの大学で学んだ経験をもつ黛は、昭和十一年七月に帰国して最初に取り組んだのが、国際条約にもとづいて捕虜の処置をとりきめる規定づくりであった。勤務していた海軍省軍務局の仲間と一緒に、アメリカで学んだ事柄の成果もとりいれ、船舶を臨検し拿捕するとき、及び敵船の捕虜の取り扱いについて標準的な規定を作成した実績が黛にはある。敵の捕虜を自国の将兵と同等に処遇することは戦時国際法の常識であり、日本の将校も当然、このことをわきまえている。

なぜ、このようにバカげた命令が出されてしまったのか。

周囲の者の顔色をうかがっていた黛は、視線を転じて左近允司令官をみた。

そこには燃えるような眼差しで虚空をにらむ左近允のすがたがあった。

「再度、確認したい」

と左近允が口を開いた。

「捕虜処分の一切は私がきめる。各艦は従ってもらいたい」

「しかし……」

と黛は声を上げかけたが、左近允の射すような視線で口ごもった。

参謀長口達というが、高須司令長官は十分承知していることなのか。そのことを黛は確かめたかったのだが、口をはさむ雰囲気ではなかった。

「この件についてはこれだけとする」

左近允が断じると、嶋内が立ち上がり、捕虜処分の口達命令を回収してまわった。最後に、明日は同じ一時から、嶋内が「青葉」で作戦全体の図上演習をおこなうことを告げ、作戦会議は終了した。

翌二十九日の早朝、スラバヤへ復帰している艦隊司令部から、ただちに参謀をひとり寄こすように、と「青葉」の戦隊司令部へ電報がはいった。

「派遣サレタシ」と一方的に要請するばかりで、用件は不明である。

本来なら嶋内を行かすべきだが、図上演習があるので、左近允は小山田水雷参謀にスラバヤへ出向くように命じた。

午後から、予定どおり昨日のメンバーと三艦の各科長があつまり、索敵列の編成、味方潜水艦と航空機による作戦の支援方法、それに敵船拿捕と回航航路などについて図演をおこなった。もっとも懸念されたのは、水上偵察機を飛ばせることができるかどうか、ということだった。しかし索敵海域におけるインド洋の気象観測データが不足しており、実際に洋上へでてみないとわからない、という天気まかせの結論におちついた。

図演がおわっておよそ二時間後、小山田をスラバヤまで運んだ水上機が、夕陽にそまるバンカの海へもどってきた。

小山田から口頭で報告をうけた左近允は、労をねぎらい、

「そこまで具体的な事例を示し、軍令部の意向として捕虜処分を下達するというなら、もう勝手なことはできんな」

と伏し目がちにつぶやいた。

「国家の存亡をかける覚悟でやるように、と多田参謀長はいわれました」

言葉に酔うのか、若い小山田の顔は耳たぶまであかくなっている。

しばらく、クマのように左右に行き来していた左近允は立ち止まり、いった。

「拝命した、と電報をうってくれ」

「それだけ、でしょうか」

「それで十分だ」

と左近允は頬をふるわした。

すでに一年前のこと、軍令部の金岡知二郎課長が、ガダルカナル島撤退という苦況のさなか、まだトラック島にあった第六艦隊司令部に対し、

「敵の撃沈商船乗員は、これを徹底的に処分すべし」

という意向を伝達していた。

この伝達は当然、金岡課長ひとりの考えではなく、これよりすこし前、軍令部において、永野修身軍令部総長が、

「敵の人的資源は、血の一滴といえども、これを殲滅しなければならぬ」

と強く断言したことに起因している。

またこの発言に先立ち、ドイツ駐在の大島浩大使はヒットラー総統の意向をつぎのような内容の電文にして日本政府に送っていた。

「ドイツとしては、敵商船を撃沈するばかりでなく、米英の造船能力がしだいに上昇しつつあるにかんがみ、その乗員をも撃滅するにあらざれば、とうてい戦争目的を達成しえないとの理由のもとに、撃沈商船の乗員はこれを処分しつつあるから、日本側としてもこのことを実施されたい」

もって知るべしである。

これらのことは多田参謀長からふたたび口達され、捕虜処分に関する命令はペナンの分もふくめ、もし文書にした場合はすべて消却するよう、小山田は厳命されて帰ってきたのである。

戦果をあげればあげるほど、大量の捕虜を処分することになる。

いよいよ出撃というときに、左近允は大きな苦悶をかかえもつことになった。

三

三月一日の夕刻から夜にかけて、第一六戦隊司令部は各艦にたいして、三つの命令を発した。

最初は薄暮のなか手旗信号でおくられた。

「青葉、鬼怒、敷波ノ当地出撃時刻ヲ七時ニ改メル。筑摩、利根、浦波、大井ハ筑摩艦長ガ指揮シテ、九時ニ出撃スベシ」

「青葉、鬼怒、敷波ノ出港ノ要領ハ次ノヨウニ定メル。警戒出港トシ、使用速力ハ一二ノット。出港順序ハ青葉、鬼怒、敷波トスル。出撃航路ハ『バンカ』海峡南口ヲ経テ補給路ニ至ル所定ノ航路」

「青葉、鬼怒、敷波ハ七時以降、使用速力一六ノット」

第二信は信号灯を使った発光である。

「三月三日以後、魚雷ヲ装塡シテ待機セヨ、マタ予備魚雷ハ三時間待機トセヨ」

と発令され、最後の第三信は午後十時前、同じく発光で、

「明日二日午前零時以降、全テノ電波ハ戦闘管制トスル。青葉、筑摩、及ビ利根ハ夜間ハ四六八五キロヘルツ、昼間ハ倍周波ニ配員スベシ」

と奇襲隊のあいだで緊急時に使用する場合の電波について通達された。

翌二日、出撃の日の朝の天候は曇りがちで、六時の視界は二キロメートルほどであったが、いつものようにすぐに海霧は晴れた。

午前七時と同九時、それぞれの艦が戦隊司令部の指示どおりにバンカ泊地を出港した。先を行く「青葉」がスマトラ島とジャワ島の間のスンダ海峡へはいったのは、翌三日の午前四時過ぎである。昼ちかくになると、雲のきれめから熱帯の陽光がさんさんとさしこみ、海峡の海はおだやかなジャワ海とはちがう濃い緑色にかわった。波も高くうねりもある。いよいよインド洋である。

「利根」が洋上へでると、黛は三井副長を艦長室によんだ。

「あれは、どうなった。もうできとるはずじゃが」

と三井をせっついた。

出撃の日、黛は乗船している六七名の士官のなかからおもだった配置にいる者を集め、拿捕と撃沈のどちらにもそなえた準備を命じている。

拿捕にかかわる回航班は森本十郎大尉を指揮官にして、指揮官附を二名、機関長と機関長附をそれぞれ一名、それに操舵員や電信員から衛生及び記録員まで一一の配置で編成され、総勢は六一名という大所帯である。これだけの陣容があれば、一万トン級の商船でも回航することができる。かれらはすでにリンガ泊地にいるときから、多田参謀長の口達した訓練を早朝から深夜までおこなっていた。

また撃沈になった場合を想定し、谷鉄男砲術長と石原孝徳高射長は実弾射撃の準備に怠りなかった。砲術家の黛には実際に敵の艦艇に砲弾が命中したとき、艦内で炸裂する弾丸の破壊力や信管の作動のタイミングについて、確認したい誘惑も強く、記録員には写真と八ミリ映像の撮影を命じてある。

　こうした準備の最後に、黛は三井中佐に敵船舶との通信方法について万全を期するように指示し、見張員にアメリカ国旗を作成させるようにいった。

「アメリカの国旗、ですか？」

　と三井は怪訝な顔で復唱したものである。

「なんだ、知らんことはないだろうが」

「もちろん知っていますが、どんなものを作ればよろしいかと……」

　黛の険しい表情がゆるみ、口元に笑みがうかんだ。

「マストにかかげるのじゃ。布で大きな国旗を作れ。赤と白のペンキで遠くからでもアメリカ国旗とわかるようなやつにせい」

「『利根』のマストにアメリカ国旗？」

「ふん、そんな素っ頓狂な顔せんでもええ。説明は使うときがきたらする。みんなには内緒で作らせろ、いいな」

　アメリカ国旗で偽装して、敵に迫るという奇策である。

　三井は理由をいわずに、図案と大きさを示し、三名の見張員に作成を命じていた。

　ペンキがかわき、色あざやかな星条旗が仕上がったのは、一昨日のことである。三井は黛を工作室へ案内した。国旗はひろげると部屋いっぱいの大きさだった。

　黛は満足そうにうなずき、

「副長、もうひとつ、艦首の御紋章をかくす布地を用意させてくれ」

　と偽装の徹底をうながした。

　奇襲隊三艦が合流したのは、予定どおり四日の午前十一時だった。

　ココス島まであと二〇〇海里ほどの地点で、「大井」が「筑摩」に、また「鬼怒」が「青葉」に給油し、その後「利根」がこの二隻の軽巡と給油艦から重油をもらい、午後七時にすべての作業がおわった。

　旗艦「青葉」の艦上では、手のあいている乗員が軍装で右舷の甲板に整列し、去ってゆく給油艦と軽巡、それに護衛の駆逐艦を見送った。

　海上の向こうの艦艇でも、乗員が艦上にならんでいた。

「帽ふれ！」の号令とともに、双方の白い帽子が花びらのようにゆれた。

　めずらしく凪がやみ、大きな日輪が洋上を紅くそめている。バンカの泊地へ帰る四隻の艦艇は、やがて燃えるような朱色の海原にその影を消した。するとほどなく、日輪が海原のはてにかくれ、夕焼けにそまっていた天空が光を失うと、星々がかがやきをましはじめる。

　艦橋からもたくさんの星がみえる。

「今夜は星をたよりに舵がきれるな」

　と左近允は側にひかえていた嶋内へ声をかけた。

左近允の脳裏に、こどものころいつも仰ぎみていた星空が浮かぶ。

「この分だと、明日こそ水偵を飛ばせます」

左近允と同じく、澄んだ夜空をみて育った嶋内がいう。

出撃して三日目になるが、想像以上に北西からの季節風がつよく、どの艦の偵察機も格納されたままである。船で波浪を押さえこもうと、海面に円周を描いてまわってみたが、波はおさまらなかった。

「いよいよ明日の午前中だね」

と左近允は、奇襲隊が敵商船の予想通商航路海域にはいる時刻をたしかめた。

「このままゆきますと、明日早朝の四時、ココス島東方一二〇海里に到達します。この星空を見上げていると、思った以上の戦果が期待できそうで胸が高鳴ります」

「偏弾射撃訓練は、明日の午後だったね？」

「はい、十五時からになっております」

「訓練がすめば、全艦捜索列をつくる。いつでも拿捕できる態勢を維持しておくよう、よく周知してもらいたい」

と左近允は言い放つと、艦橋をおりていった。

四

翌五日、曇り空の下、それぞれの艦の射撃精度を高めるため、平行に航行する二艦相互が、発射角度を一定にずらして主砲を一発ずつ射ち合った。双方の測的員は自艦の上空を通過して海面に着弾した砲弾の位置を正確にはかり、相手の艦にしらせる。これによって、おたがいに射撃の方向や角度の調整をおこなったが、想定をこえる成果があり、左近允は満足した。

訓練終了後、広大なインド洋で奇襲隊はただちに捜索列をしいた。

旗艦「青葉」を中心に右に「利根」、左に「筑摩」の横隊で、各艦のあいだの距離はおよそ五〇キロ、正面幅は一〇〇キロにもなる捜索列で針路二一〇度、南西方向へすすみながら索敵をはじめた。

「サ」号作戦を支援していた潜水艦から、敵国の大型輸送船一隻がインド洋を南航中である、と艦隊本部を経由した無電情報が戦隊司令部にはいったのは、この日の夕刻だった。この輸送船は現在、速力一四ノットをたもち、針路一四〇度、南東方向へ航行しており、このままゆけば深夜の〇時に、南緯一二度一〇分、東経九二度五五分の地点へ到達する、との報告だった。

戦隊の参謀たちが「青葉」の作戦室に集まり、敵船の捕獲方法を検討した。

机上にひろげられた海図に、奇襲隊と敵輸送船にみたてた模型がおかれた。ココス島をはさんで、輸送船はその北東三〇〇海里、一方の奇襲隊はその南東二〇〇海里にいる。いまの両者の距離はおよそ三六〇海里。一四ノットで走れば約二十六時間かかる距離である。

敵輸送船のうごきが情報通りであれば、奇襲隊はこのまま輸送船の航路上に丸一日あまり待機し、輸送船があらわれるのを待てばよかった。しかし、そのような戦法は消極的で士気を高めることにならない。戦場で大切なことは、将兵の戦意の高揚である。待機して、輸送船があらわれなかったらどうなるか。みんながバカな思いを味わうのは目にみえていた。

「迎え撃ちましょう、司令官」

嶋内が参謀たちの意見を代弁した。

左近允はすぐには応えず、なお迷っていた。

迎撃は勇ましいが、待ち伏せたほうがよい、という判断からふっきれないでいる。「水偵の使いみちはないか」と、参謀たちに再度、作戦の検討を命じたが、「迎え撃とう」という意見はますます熱をおびた。

左近允は逡巡をたちきり、捕獲行動にうつるよう命じた。

深夜の六日、午前零時、奇襲隊はいっせいに進路を北北西方向へ転じた。

横隊のまま速力一四ノットをたもち、はてしなく続く暗闇の海面をすすんだ。昼間からあつくたれこめていた雲が星明かりさえもさえぎり、海はどこまですすんでも何ひとつ見えなかった。

明るくなり、海霧もはれ、たがいに位置を視認できるようになった午前六時、奇襲隊は進路をさらに北へ修正し、相互の間隔を三〇キロにせばめて北上した。

午前九時、予測どおりだと、敵船にかなり近づいたはずだった。

左近允は索敵のため、「筑摩」と「利根」に水偵を発進させるように命じた。

ところが、波浪が高く、水偵をカタパルトで打ち出すことはできても、用務を終えて帰ってくる水偵が着水できそうになかった。このままの天候では、水偵の着水も回収も危険だ、という。

三艦が共同で円周行動にうつり、波浪を押さえこんで、着水させることもできるが、それも波浪の状況如何である。うまく着水ができなければ、水偵も搭乗員も海の底へ沈む恐れが生じる。そのような危険を覚悟のうえで、一か八か水偵を飛ばすか、それともこのまま北上をつづけるか。司令官はふたたび選択を迫られた。

毎朝六時、気象班員の長岡一夫一曹が作成した天気図を司令官室へ届けにくる。その日と翌日の気圧配置、風向、風力、天候を尋ね、洋上へでてからは、台風の心配がないかどうか、左近允はかならず長岡にたしかめていた。そして今朝の長岡の返答は、一日中風がつよい、だった。

左近允は参謀に長岡をよぶようにいった。

数分後、長岡は緊張した面持ちで司令官の前に直立していた。

「どうだ、風力の見通しは今朝と変わらんか」

「はっ。気圧配置からして、まず収まることはないと信じます」

「そうか。よろしい。ご苦労さん」

長岡が出てゆくと、左近允は集まった参謀に水偵は断念する、と告げた。

結局、この日の午後二時、敵輸送船と遭遇する目論見で捜索行動をとったが、ゆけどもゆけどもインド洋の広大な海原がひろがるばかりで、船影一隻みることはなく、奇襲隊は午後十時に捕獲作戦を断念した。そこで進路をふたたび二一〇度に変更した奇襲隊は、インド洋南部の海へと下っていった。

翌七日は、昨日の悪天候がうそのように晴れわたった。

黎明訓練を終えると、黛は副長を艦長室によんだ。

輸送船を取り逃がしてしまったことが悔しく、気心の知れた三井があらわれるとながながと愚痴がでた。

「一六戦隊の参謀は戦を知らんよ、まったく、バカたれが！」

と息巻くと、捕獲のための北上などせず、待機しつづけておれば、いまごろは輸送船を拿捕できていたはずだ、と何とも口惜しそうである。

北上する前に、戦隊司令部へ、

「待機ヲ適当ト認ム」

と「利根」の考えを発信したが、まったく無視されている。

いまとなれば、黛はそのことが癪にさわってならない。

戦隊参謀は、どいつもこいつも怪しからん。もともとやつらは遊覧部隊の経験しかないから、こんな無様な失敗をやらかすことになる。バルチック艦隊が対馬海峡にやってくることを信じ、力をためて待っていた東郷司令長官の戦訓を忘れてしまったのか。と黛は尊敬する東郷元帥をひきあいにだし、第一六戦隊参謀のヘマをひとしきり嘲笑した。

三井は心得顔で、ひとつひとつ頷(うなず)いている。

ぶつぶつ腹にたまったことを口にすると、気が晴れたのか、

「ところでのぉ」

と黛は自ら気分をあらため、

「今日から、双眼鏡をもっている若い非番の士官は、すべて艦橋で見張りをさせろ」

と索敵の強化を指示した。

「一に発見、二に発見だ。『筑摩』や『青葉』に遅れをとってはならん。今日と明日が一番会敵のチャンスがある。そう思わんかな、副長」

「同感です」

「いいか、阿部航海長に少々隊形がくずれてもええから、速力をあげて前をゆくように伝えてくれ。先陣は『利根』がとる」

と黛は三井を叱咤した。

艦橋ではさっそく、兵科だけでなく機関科と主計科の士官も集められ、右舷と左舷にわかれると、艦首の方角から一〇度きざみで、決められた範囲をくりかえし見張る態勢をしいた。

午後一時すぎ、「利根」はスコールにはいった。

スコールからでると、敵船があらわれそうな気配がする。

黛は艦長室に航海長、砲術長、水雷長、通信長、それに回航班の指揮官をあつめ、商船を発見したときの指示をあたえ、檄(げき)をとばした。

「よいか。敵船を発見したら、気づかれんように接近し、九〇〇〇メートルになったら同航して停船命令をだす。停船しない場合はただちに前方へ警告射撃をするから、用意しておいてくれ」

士官たちの高揚した顔をみつめながら、黛はさらに指示した。

「前のマストにアメリカ国旗をかかげろ。艦首の御紋章は二万メートル手前から布で覆いかくせ」

居並ぶ者たちは顔を見合わせた。

これではだまし討ちである。

気まずい空気を察し、黛は説明した。

「いいかみんな、誤解しちゃいかん。この戦法は戦時国際法でもちゃんと認められとるんだ。トラもライオンも、どんなに弱い相手を倒すときでも風下にまわり、できるだけ気づかれんように近づく。戦争はサムライの合戦とはちがうぞ。襲撃するのにかっこうなどいらん」

「しかし、相手は客船ではありませんか」

と食い下がる阿部を、黛は一喝した。

「馬鹿者！　客船だからといって油断するな」

昭和十七年十一月、インド洋で特設巡洋艦「報国丸」が、オランダのタンカーと交戦した際、タンカーが放った小口径の一弾をうけた「報国丸」は、搭載していた魚雷の誘爆をまねき、あっけなく沈没してしまった。黛はこの事例をあげ、たとえ相手が客船であっても、砲門をかくしもっておるから、武装船のつもりで近づかにゃならん、とみんなを戒めた。

スコールが去り、ふたたび視界がひろがった。

艦橋や舷側で息をつめ、だれもがうねる海原へ目をこらしたが、この日も船影をとらえられないうちに、洋上は暗くなった。

八日の午前六時、「利根」は進路を真西に変針し、昼ちかくまでそのまま進んだが、やはり船はどこにも見あたらなかった。あせりと疲労感をうち消すように、黛艦長は進路を南西へもどし、一〇ノットに減速した。このまま走っても燃料は明日いっぱいでぎりぎりである。明日の昼ごろまで南下し、そこからは反転して帰路につくことになる。黛も旗艦「青葉」の戦隊司令部も、戦果なしで引き返す腹構えをかためていた。

第三章――撃沈

一

漆黒の夜が明けわたり、大海原にまた有明の光がもどってきた。

三月九日の朝は曇っていたが、日がのぼると季節風がつよまり、波浪は一段と高くなった。

午前十一時、視界は水平方向で三〇キロメートルまで回復した。とおく水平線から積乱雲がわきあがっている。

「このまま何もなければ、昼から引き返す」

と、「反転」の噂はすでに朝から「利根」の艦内にひろまっていた。

奇襲隊はココス島から南々西へ、すでに約八〇〇海里にまで到達し、「利根」は旗艦「青葉」の右翼艦として、その右正横五〇キロメートルの位置を一二ノットの原速で南進していた。

午前十一時三十分、大蔵茂雄兵曹はこの日三回目の当直の時刻がきた。

はやめに艦橋へゆくと、だれもが双眼鏡で海をみている。

前直の見張員と交替し、大蔵は右舷の艦首方向の海面を丹念に探った。わきたつ白雲の下辺にスコールをもたらす黒い雨雲がみえる。所定の動作にしたがい、そこから右へわずかに視点をうつしたときである。

「あれぇっ！」

と大蔵の喉から声がもれた。

綿色の雲の底にひとすじ、うすく這うような煤煙がある。

（まさか……）

もう一度、おなじ動作をくりかえしてみた。

やはり、ある。おぼろにかすむ水平線から、茶色の煙が微かにたちのぼっていた。雲にかかる形もわずかに変化している。

「煤煙発見！」

と大蔵は叫び、ごくっと唾をのみこむと、報告した。

「右五〇度。水平目測距離四〇〇（ヨンマルマル、四万メートル）」

艦橋内がどよめき、双眼鏡がいっせいに動いた。

「方位を測れ」

艦長の声がとんだ。

「方位二六〇度」

と他の見張員が大声で回答した。

艦橋内の時計は十二時十二分を指している。

「敵船でしょうか」

と三井副長がうわずった声で艦長へ訊く。

「あの色の煤煙だと、ディーゼルの客船だな」

と黛は断定した。

いかつい表情がゆるみ、みるみる喜色がうかぶ。

「とうとう捕まえたぞ。副長、総員をただちに戦闘配置につけろ」

実戦と訓練をつみかさねてきた「利根」の反応は素早い。ラッパが響き渡り、拡声器からは指令の声が電流のように艦内をかけめぐった。

「パースからセイロンへ向かう商船でしょう。針路（進行方向）は北西、船足はたぶん一〇ノット」

航海長の阿部が冷静に推測し、艦長の指示をあおいだ。

急激に速力をあげて追撃すると、「利根」が吐き出す大量の煤煙で敵船に気づかれてしまう。そうなれば、相手は十分に応戦する準備ができ、拿捕することは難しい。ここはいったん相手から遠ざかり、左回頭し、一回転して、それからしだいに加速し、できるだけ相手に気づかれないように接近する。

このように判断した黛は、左回頭を号令し敵船の後方へ針路をとった。

十二時三十三分、マストの見張員から、「敵船は相当大型であるが、商船か病院船かまだ判明できない」と報告があった。

艦橋からも、水平線にうかぶ船影がみてとれる。双眼鏡をのぞいていた大蔵の目に、そのすがたはますますはっきりしてきた。

七分後、徐々に速力をあげてきた「利根」は、敵船を追撃する方向へ変針すると、旗艦「青葉」へ無電を発信した。

「敵商船、一隻見ユ。位置シネタ四八（地点符号）。敵船ノ針路北西三二〇度」

続いて、黛は「戦闘！」「魚雷戦用意！」「砲戦用意！」と発令した。「利根」はすでに最大戦速に近い三〇ノットに達している。このまま追撃すれば、あと四十分たらずで、九〇〇〇メートルにまで接近することになる。

四分後の十二時四十六分、敵船はスコールの中へすがたを隠してしまったが、レーダーで方位と距離が測定され、十三時ちょうどにスコールが過ぎると、その方位へ忽然と敵船があらわれた。距離は一万五〇〇〇メートルにまでちぢまっていた。

この間、黛は回航班を舷門ちかくに集合させ、いつでも敵船に乗り込める態勢をつくらせた。また通信長に命じ、にせのアメリカ国旗を前のマストに掲げさせ、艦首の菊の御紋章をグレーの布でおおった。

艦橋には大勢の士官たちがあつまっていた。

レンズをとおすと、波間をゆく大きな客船が視認できる。灰色に塗られた船体の中央部に煙突がある。どうやらイギリスの船らしい。こちらに気づいて速力をあげたのか、煙突からもうもうと煙があがりはじめた。

黛は発令した。

「速度をあげて、まわりこめ！」

「針路二七二度に変針、最大戦速！」

と航海長が指示した。

「利根」は怪しげな米国旗をへんぽんとひるがせ、波浪のたかい大海原を最大速力で走りだした。敵客船の艦首と艦尾に八乃至一〇センチ砲が二門確認されたのは、このときである。それらの砲弾がとどく距離は推定八〇〇〇メートル。

「利根」は敵船をあざむくため、旗旒と発光で、信号をたびたび送信した。

「我ハ米国巡洋艦ナリ、貴艦ニ手渡ス郵便物アリ」

「電報ヲウツナカレ、重要ナ通信アリ、近寄レ」

しかし、客船は取り舵をとると、速度をあげてどんどん逃げてゆく。

艦長、副長、それに航海長をかこむように士官たちが息をつめ、黛の判断を待った。拿捕するために、なんとしても停船させねばならない。

針路を三二五度に大変針すると、ほどなく「利根」は敵船を左舷正横九〇〇〇メートルにとらえた。

「アメリカ国旗をおろし、軍艦旗にかえろ」

と黛は命令した。

前部マストに旭日旗が翻った直後の十三時十七分、黛は主砲と高角砲の一斉射撃を命じた。大海原に雷鳴のような轟音がひびき、晴れ渡った天空をびりびりふるわせた。「利根」の発砲に驚いたのか、レンズをのぞくと客船の船上を走り回る人影がみえた。船足はぐっと落ちている。

「敵船は緊急救難無線を発しました！」

通信員の報告と同時だった。敵船は取り舵をいっぱいに取ると、船尾をゆるやかにふって回頭し、力尽きて停止した。

船上の乗員たちは救命ボートをおろし、船から脱出しようとしている。そこへ「利根」の発した三斉射目が命中し、船体にポカッと大穴があいた。吊っていた綱がちぎれ、ボートと人がパラパラ海面へ落下し水しぶきをあげた。

五分後、「利根」は客船と同一方向へ針路を変えると射撃をやめ、停止した客船の様子をうかがった。最初におろされたボートには、すでにたくさんの人が乗っている。また船上には次のボートに乗ろうと、人々が寄りかたまっていた。

「利根」は速度を落としながら、相手との距離をちぢめた。

「降伏セヨ」

と国際信号で発光と旗旒をつかい何度も送信した。

相手に徐々に近づきながら二分間、息をつめ、応答を待ったが、なんの返信もない。

十三時二十四分、艦橋内でいっせいに「おー」とどよめきがおこった。

敵船が突然、傾斜しはじめたのである。

「まずい。金氏弁（キングストンバブル）を開いた！」

と士官のあいだから声があがった。

ここまで、主砲通常弾二四発、それに高角砲を一五発発射し、主砲二発の命中が確認されていたが、撃沈にいたるまでの損傷は与えていない。

「艦長、相手は自沈するつもりのようです」

と三井が「利根」の対応をうながす。

想定になかった事態を目前にし、周囲はざわめきたった。

黛はかっと目をひらき、即座に発令した。

「拿捕は断念し、撃沈する。全速前進！」

客船との距離がみるみるちぢまった。

十三時三十分、三〇〇〇メートルになったところで高角砲、さらに三分後、一〇〇〇メートルまで近接して減速すると、「利根」は主砲徹甲弾を一斉に撃った。

至近距離から集中砲火をあび、客船はどんどん右舷に傾きだした。そのすぐそばの二隻のボートが、あふれるほどの乗客と乗員をのせて波間に見え隠れしている。海になげだされた者もいて、プカプカ浮き沈みしている。

「撃ち方やめぇ！」

砲撃がやむと、海は妙にひっそり静まりかえった。

ほどなく「利根」の艦橋から、朱色で底の平たい船腹をみせながら客船が横転するのがみえた。

艦橋内では、みんなが息をとめ、この様子を見守った。

（もったいないことをした……）

という感慨が、若い士官たちの胸をついた。しかしもうどうしようもない。

客船の船首がぐっと持ち上がった。と、あっという間に船は海原にのみこまれ、すがたを消した。十三時五十五分だった。

船のいなくなった海面には、大小さまざまな木片やドラム缶、救命筏や衣服類が重油とともにただよい、二隻のボートが大波に翻弄されていた。

「副長、何人ぐらいおるか？」

黛がかすれた声で、脱出した敵船の乗員乗客のことを三井に訊いた。

「見るところ、白人ばかり、四、五〇になるかと……」

船長や高級船員から情報がとれる、と黛は期待した。

当然、捕虜として救出する。ただひとつ、艦隊命令が気になる。

作戦会議では、処分の決断は戦隊の左近允司令官がする、ということになっている。しか

し、

（まさか、本気で処分せよ、ということはなかろう）

そんなことはありえない、と黛は思った。

黛自身、敵国の捕虜の扱いにかかわった経験がある。

水上機母艦「秋津洲（あきつしま）」の艦長だった昭和十七年八月、ブーゲンビル島から少し北にあるブカ島の海軍守備隊の特務少尉が部下をともない、二人のカナダ人宣教師と中国人一人を「秋津洲」へ連れてきたことがあった。

「こいつらは、空襲に来るアメリカの飛行機に鏡をつかって信号を送っていた。スパイにちがいないからこちらで処刑してほしい」

と少尉は荒縄で縛った三人を当直将校へ引き渡した。

話を聞いた副長は、風呂あがりのビールで気が大きくなっており、

「捕虜は尋問が終わったら、ぶった斬れ」

と威勢をはった。

この命令に驚いた当直将校が黛のところへかけて来て、ことのいきさつを報告した。黛はただちに准士官以上をガンルームに集め、説諭した。

「捕虜の処刑は軍法会議が決める。かりに処刑の判決がでても、艦隊司令長官が命令しなければ、刑の執行はできん。ふたりの神父はろくな食べ物もなく、らい病患者が多いブカ島に数年もまえからやってきて、患者の世話をしているというじゃないか。本当にスパイなのか

どうか、よく吟味し、そのうえで国際法に基づいた処分をする。かってにぶった斬るのは、わしが許さんぞ」

神父は命拾いをし、捕虜収容所へおくられた。

この出来事が、捕虜の扱いに対する黛の自信になっていた。

いまここで、五〇人くらいの捕虜なら、なんとかなる。

黛は決断し、回航班の隊員に救出を命じた。

隊員の指示で、ボートが「利根」の艦尾に近づいてきた。

乗っているのは白人ばかりで、かれらは後甲板から垂らした縄梯子をつたって、艦上へあがってきた。

ところが、捕虜はこの白人たちだけではすまなかった。

二隻のボートに乗れなかった者が、まだ海上に数多く取り残されていたのである。「利根」からカッターを一隻おろし、かれらを救いあげたが、いずれもやせて浅黒い顔をしたインド系の男たちだった。

捕虜は黛が予想したよりもずっと多くなった。

かれらは上着をはぎとられ、裸足で飛行甲板に整列させられた。

捕虜の通訳は主計大尉の永井邦夫を中心に、英語のできる士官たちがした。外交官の息子である永井は、子供時代をロンドンとストックホルムですごしており、英会話が堪能だった。

そこで重要な情報収集は永井の役割になった。

太陽が容赦なくふりそそぐ甲板にしゃがみこんでいる捕虜は、イギリス人、オーストラリア人、カナダ人など白人が四一名、中国人三名、インド人とゴア人が六七名の合計一一一名で、イギリス人のなかには女性の乗客が二名いた。「利根」の砲撃で三名の乗員が死亡していた。

とりあえず、全員を兵員室に収容し、それから尋問をはじめることにした。

回航班の隊員たちが命じるまま、捕虜はぞろぞろ飛行甲板をあるき、艦尾の左舷ハッチから、下へおりていった。

黛がその様子をながめていると、通信長の野田宏が長い信号文をもってきた。

戦隊司令部への報告である。

「十五時十七分、当方ノ砲撃処分終了シタ。敵船ハ『メルボルン』発『ボンベイ』行キノ英国貨客船ビハール号デ、約七〇〇〇トン。捕虜ノ陳述ニヨレバ、九〇〇〇メートルデ、当方ハ砲撃ヲ開始シタガ、ソノ直前マデ、日本巡洋艦ト判明セズ」

野田はこのあとに、参考事項として、アメリカ国旗の掲揚や御紋章隠蔽、敵船が発した緊急救難信号、捕虜が陳述した積み荷の種類と量、ビハール号の基準針路、捕虜の数、それに「利根」が発射した砲弾数などを記していた。

一読した黛は、「捕虜ノナカニ連合軍将校アリ」と書き足すと、

「最高の軍事機密が聞きだせるぞ」

と、ほくそ笑んだ。

二

「敵商船一隻見ユ」

という「利根」からの電報は、旗艦「青葉」を奮い立たせ、戦隊司令部のどんより沈滞した空気を一気にぬぐいさった。「発見」をあきらめ、奇襲隊の転進を発令しようと思案していたその矢先であったから、左近允司令官にとっては「天佑」のような電報だった。

「青葉」の艦橋では、戦闘服に着替えた参謀や士官たちがあわただしく、「利根」をレンズにとらえようとしたが、右横にいたはずの「利根」は、そのすがたを海原のかなたへ消していた。上の見張台からも、まったく行方がわからない、と報告があった。「青葉」はただちに北北西へ進路をとると、「利根」のすがたを求め、加速した。

じりじりと時間がすぎ、時計は十三時をまわったが、「利根」は洋上からいなくなったまま、何の音沙汰もない。

「こちらから、無電をうちましょう」

と嶋内が誘いをかけたが、左近允は首肯しなかった。

状況をしらせよ、と無電で催促したいのはやまやまだが、無線封止をしている手前、司令部からただそれだけの無電を発することは、面白くなかった。

「先任参謀、気が早いぞ。もうじきに見える。少し、待て」

と左近允は応え、双眼鏡を目にあてた。

それからさらに五分がたち十分が過ぎると、司令部には「利根」を非難する声と、案じる声のふたつが出はじめた。発見は間違いだったのか、それとも見失ったのか。あるいはひょっとして、何か不測の事態がおこったのか。

「『利根』は怪しからん！」

とだれかが、勝手な行動をなじったときだった。

見張台から、水平線の空が光ったようだ、と連絡がはいった。

すぐ数人の士官が艦橋のデッキへでて、耳をすますと、積乱雲の中からかすかに雷鳴がひびきわたるのが聞こえた。光は雷だった。

「青葉」はその光が見えた北北西へ、なお全速力で走りつづけた。

それから十数分後、疾駆する「青葉」の前方で二度三度、大砲の炸裂するような音をマストの見張員が聞いた。こんどは雷ではなく、砲声だと思われます、と見張員から報告があった。だが、真偽はわからない。

「大丈夫でしょうか」

嶋内が心配した。作戦計画にはない出来事に「利根」が遭遇しているらしい。だが、まだ「利根」は遠く、無電以外に確かめようがない。

参謀たちの苛立ちをしずめるように、左近允は声をかけた。

「心配するな。緊急の無電がなければ、『利根』に問題はないはずだ」

と、その直後である。

通信員が艦橋にかけこんできた。

「いま、緊急救難信号を受信しました」

「『利根』か？」

艦橋内に緊張がはしった。

「いえ、それが敵商船のようです。十三時二十七分、1550KC附近できわめて高い感度の長符が連送されるのを聴知しました」

緊急事態に遭遇した敵商船が、救難を求める無電を発したようだった。

マダガスカル、セイロン、さらにオーストラリア北部の空軍基地から、連合軍の航空部隊が発進してくるおそれがでてきた。近くに敵の航空母艦がおれば、艦載機から急襲される危険がある。そうなれば、エアカバーのない奇襲隊の全滅という最悪の事態も考えられる。だが、ここでまだ消息のわからない「利根」を見捨てて反転することもできない。

左近允司令官は旗艦「青葉」と、あとにつづく「筑摩」に対空警戒配備を指示し、「利根」を発見するため、なお北北西へと針路をとる苦渋の決断をした。

それからおよそ二時間、不安と極度の緊張のなかで、時がすぎた。

西にかたむきはじめた日輪を背に、艦首をこちらに向けて進んでくる「利根」のすがたを見張員がみつけたのは、十五時二十二分のことであった。発光信号で互いを認識し、艦橋内にやっと安堵のため息がもれた。

「利根」は商船発見の無電連絡を一方的にしたあと、司令部の指示を一切あおぐことなく、商船を勝手気ままに追いかけ、挙げ句のはて、三時間ちかくも行方をくらませていたことになる。

当然、追いかけてきた司令部の参謀たちの心中はおだやかでなかった。

そこへ「利根」から、

「砲撃処分終了」

と、まずビハール号撃沈の「戦果」を伝える発光信号がとどき、さらに、それから二十分あまりも使って、ながながと撃沈についての「参考事項」が一方的に発信されてきた。

司令部では撃沈という予期しない事態に驚き、怒りの声があがった。あとから分かったことだが、最新型の客船ビハール号には、羊毛、小麦、牛骨とグリセリンが大量に積まれており、日本にとっては文字通りの宝船だった。

左近允は参謀たちと、受信した信号の内容を冷静に分析した。

最初に砲撃し、捕虜を収容するまで、一時間四十三分かかっていた。「戦果」を誇るような内容の「参考事項」を読み、ビハール号撃沈に至るまでのいきさつは把握できた。しかし本来、捕獲することが任務であるのに、なぜ撃沈したのか、理由がわからない。

意見をかわしていると、通信員が「利根」から発せられた信号文をもってきた。

「十三時十八分頃、敵商船ガ５００ＫＣ（ＳＯＳ、緊急救難信号連送位置）ヲ送信セリ。本艦感五ニテ受信セリ、貴艦イカガ」

と堤通信参謀が読み上げ、補足した。

「『青葉』では、この500KCは受信しておりません」

「うん、わかっとる」

と左近允は大きな声で応えた。

すでに、こみあげる怒りでこめかみが震えている。

「いまごろ、『利根』はなんと間ぬけなことを聞いてくるのだ。いったい、どういうつもりか！」

と憤怒のまなざしになり、嶋内と堤通信参謀に命じた。

「大至急、捕虜を尋問し、敵が500KCの他に、救助を求める電信を連合軍に発していないか、調べるよう指示してくれ。いずれにしろ、奇襲隊は一刻もはやくこの海域から離脱する」

左近允の思惑はあたっていた。

ビハール号は敵艦の急襲をうけた場合のマニアルに従い、すぐにキングストン弁を開き船の沈没をはかると同時に、豪州北西部の航空基地へ緊急事態を報せる無電を発信していたのである。

合戦海域をはなれながらも、「利根」からは捕虜の尋問内容を報せる発光信号が休みなく送られてくる。左近允は司令官室に参謀たちをあつめ、敵商船撃沈という事態への対応を練った。

なぜ、捕獲しなかったのか、何よりもまずその理由を知る必要がある。

それから、大量の捕虜の扱いをどうするか。これは司令官の判断にゆだねることになっていたが、それにしても一一一名というのは、まったくの想定外である。参謀たちはその数の多さにいわばあきれ、だれも捕虜の処分のことを言い出す者はいなかった。そもそも作戦会議のときから、参謀も艦長たちもこのような事態が起こることを本気で考えてはいなかったのである。

なぜ撃沈したのか。

司令部の怒りを代弁し、嶋内は鉛筆をはしらせ、「利根」が「サ」号作戦の奇襲隊命令に違反する敵船舶処理をおこなったことを糾ただす通信文を書いた。

朱色に燃える夕陽をあびながら、北上する二艦のあいだで、発光信号のやりとりがはじまった。

十八時十五分に「青葉」の司令部が「利根」へ発信した。

「敵船舶ハ之ヲ拿捕スルヲ立前トシ、情況止ムヲ得ザル場合ノミ之ヲ撃沈スルコトヲ定メラレアル処、撃破スルニ至リタル件、参考ノ為承知シ度」

これに対して、「利根」はしばらく沈黙した。

十五分後、「青葉」は速やかに返信するようにうながしたが、「利根」は黒い影になって、くれなずむ洋上を併走している。合戦海域からは遠ざかり、心配していた敵航空機の襲来もひとまずなくなった。

司令官室では、「利根」からの説明を待つ間、明日以降の作戦について検討し、日の出の一時間前から、再び索敵隊形にもどって北上することに決した。

日没が近くなった十九時十五分、「利根」の信号灯が光を発しはじめた。

撃沈を報せたときと同じく、発信は二十分をこえて一方的におこなわれ、発光がとぎれると、洋上は闇が濃くなり、星座は輝きをました。

「利根」は撃沈にいたった理由を四点にまとめ、次のように報告してきた。
一、敵船ガ停船スルマデ、通常弾ヲ撃チコンダガ、敵船ハ急速ニ右舷ニ傾キハジメ、乗員ガ船カラ脱出シヨウトシタノデ、金氏弁ヲ開イタモノト判断シタ。コノ状況ハ「作戦計画書」ニアル「状況ヤムヲ得ザル場合」ニ相当スルモノト認メタ。
二、敵ノ船内ヲ捜索シ、資料ヲ手ニ入レルコトヲココロミヨウトシタガ、トテモソノ暇ハナク、イヨイヨ自沈シヨウトシテイルノヲ見テ、撃沈ヲ決意シタ。一刻モ早ク、敵船ヲ沈メテシマウ方ガヨイノデ、砲撃ヲ再開シタノデアル。
三、事前ノ作戦会議ノ研究デハ、時速一五ノット級ノ敵ノ船舶ハ、出撃カラ七日以後ハ、ジャカルタマデ回航スルコトハ不適ダト判断サレテイタガ、ビハール号ノ速度ハ一四ノットデアッタ。
四、「利根」ト敵船ノ本日ノ位置ハ、図上演習ノアト、左近允司令官ガ決メタ回航可能範囲ヨリモハルカニ遠方デアッタ。仮ニ損害ヲ与エズ拿捕デキタトシテモ、司令官ハ撃沈スルヨウニ命ジタハズデアル。

堤が通信文を読み終えるとすぐ、嶋内が吐き捨てるようにいった。

「いまになって、『利根』は何をいうか！」

拿捕に失敗したことは棚にあげ、むしろ撃沈を戦果のように報じていることが癪にさわった。さらに、

「拿捕できたとしても、司令官は撃沈を命じたはず」とは了見ちがいもはなはだしい。「利根」には反省の言葉はいっさいなく、手前勝手な屁理屈だけをならべている。

「われわれ司令部を嘗めとるやないか」

と嶋内が烈しい言葉を吐くと、同席した参謀も口々にうなずき、左近允の表情をうかがった。

じっと瞑目して、聞き入っていた司令官は目をひらいた。

「今回の撃沈については、司令官である私にも責任はある。今後、敵商船を撃沈するときは、私の指示を仰ぐように『利根』と『筑摩』に周知徹底させてくれ」

と堤に命じると、先任参謀以外は休むように指示した。

従兵が司令官室にコーヒーを二人分運んできた。

左近允はゆっくり味わいながら、嶋内におだやかな口調でいった。

「君はたしか、男と女が二人ずつ。長女がこの春、やっと小学校です」

「はい、男と女が二人ずつ。長女がこの春、やっと小学校です」

いきなり家族のことを訊かれ、嶋内は一驚した。何をいいだすのか、司令官の胸の内をは

かりかねた。艦は左右にゆれている。

「君は土佐、私は薩摩の生まれだ。お互い南国がふる里だ。いまごろはもう菜の花が咲いているだろうか」

「自分の育ったところは、田圃のど真ん中ですから、春の声を聞くとそりゃ一面、菜の花畑でした」

「そうか。子供をそんな中で育てると最高だね」

「自分の場合は四年前、横鎮の人事部に配属になりましてからは、家族は横須賀に住んどります」

「すると子供は横須賀育ちか、私の家族と同じだ」

と司令官はいうと、しばし話がとぎれた。

まさか、こんな話をするため、自分を残したわけではあるまい、と嶋内は勘ぐりながら、コーヒーを飲みおえて顔をあげた。すると司令官はぽつり、こぼした。

「婦人の捕虜が二人いるそうだな」

「利根」のことである。

忘れているわけではないが、口にすると参謀長口達が現実のものとして、重くのしかかってくる。

「黛君はアメリカにもいたから、婦人を大切にあつかうだろうが、他に船長や将校をのぞいても、まだ一〇〇人ぐらいの捕虜をかかえることになる」

と左近允は処分することになりそうな捕虜の数を口にした。

「なんとか、処分しないですます方法はないでしょうか」

「あれば、私も聞きたい」

「たとえば、ココス島の近くで、解放する。いや、しかし……」

と嶋内は頸をよこにふり、「ありえないことです」と唇をかんだ。

小山田水雷参謀がスラバヤからもち帰った多田艦隊参謀長の口達命令は、嶋内もよく承知している。いま、敵国の人的資源の殲滅(せんめつ)が至上命令だった。私情をはさむ余地はない。

「こういうことは、急いだ方がよい。そうだろう嶋内君」

「訊問が終われば早急に、やらせます」

「時がたつと情がうつるぞ」

「わかりました。撃沈の件はこれから、処分については明朝、発信しようと思いますが、よろしいでしょうか」

「うむ。それでよい。詳細はすべて君にまかせる。それに捕虜から聞き出した情報は逐一司令部へ報告するように伝えてくれ」

と命じて左近允は話をうち切った。

三

翌十日、季節風がおさまり、五月晴れのような空が洋上にひろがっていた。索敵隊形をしいたまま、奇襲隊はバタビア港を目指して北上をつづけた。視界は八〇キロメートルにも達し、出撃以来はじめて水偵が「筑摩」と「利根」から一機ずつ飛び立った。

こうした好天とはうらはらに、両艦の間では重苦しい内容の発光信号がひんぱんにやりとりされることになる。

「既定ノ方針通リ、捕虜ハ必要最小限ノ者ハ除キ、速ヤカニ処分サレタシ」

と嶋内が通知すると、

「捕虜ハ現在、訊問中デアル。処分ニツイテハソノ後デ行ナウコトトス」

と信号が送られてきた。

「利根」では、捕虜は四つのグループにわけられていた。

船長と高級船員、それに乗客の将校と中国人医師が第一グループで一三名。次が一般の白人の乗員乗客の第二グループで二九名。下級船員とインド人及びゴア人乗客が第三グループで六七名。そして最後は二人のイギリス人婦人である。

婦人二人には特別の部屋が用意され、銃剣をつけた不寝番が入口を警護した。

あとはそれぞれのグループごとに兵員室に収容され、ひとりずつ本格的な取り調べがはじまっていた。

しかし司令部から早急に捕虜の処分を迫られ、黛は動揺していた。

参謀長口達を実行すれば、情報がとれる第一グループと婦人の計一五名を除く九六名の捕

虜を殺害する必要があった。この晴天のインド洋上で、そんなことができるはずはない。命令を無視することもできず、

「捕虜から得た情報をどんどん司令部へ送れ」

と野田に指示し、訊問中を口実に時間をかせぐことにした。

この日、永井大尉はサイモンズ船長と、乗客でイギリス陸軍のグリーン大佐、それにニュージーランド陸軍のゴッドウィン大尉の三名を取り調べた。黛の指示もあり、永井は友好的な態度で接することにつとめたが、もちろん戦争にかかわるような軍事情報をいきなり聞き出すことはできなかった。乗客にアメリカ軍のパイロットもいたが、所属部隊、経歴、家族の有無、行き先と用務など基本的な情報の収集にとどまった。本格的な訊問となると、やはりバタビアにもどってからである。他の士官が二名のイギリス婦人の身元を調査し、彼女たちはメルボルンからインドのボンベイへ向かうため、安全を考えてわざわざビハール号に乗ったことがわかった。朝食の納豆と沢庵をいやがるので、ビスケットをだすと喜んで食べた。

このようなことをかいつまみ、「利根」は発信してくる。

「処分ハドウナッタカ、知ラセヨ」

午後になって、嶋内が催促すると、夕刻、「利根」の信号灯が点滅をはじめた。

「捕虜ハ将校、高級船員ニ限定スルコトナク機密漏洩ノオソレナキ限リコレラヲ連行シ、下級船員、機帆船乗員、水測員、工作員ナドニ使用スルヲ有利ト判断ス」

その通りであろう。

だが、そのようにまっとうな扱いが赦されないから、司令部が苦悶しているのである。その原因をつくった「利根」が、まるで司令部に意見を申し入れるようなことをいってくるとは何事だ、と嶋内は怒りをおぼえた。

嶋内は堤をともない、司令官室に通信文をとどけた。

一読した左近允は、にぎりしめた拳をふるわせた。

「処分を先送りにすればするほど、われわれ奇襲隊は苦しい立場に追い込まれることになる。早急に処分するよう、最後通告をだせ」

「訊問がおわり次第、すみやかに処分せよ。で、よろしいでしょうか」

と嶋内が命令文を口頭で確認すると、左近允はうなずき、

「『利根』もつらいだろうが、気持ちはみんな同じだ。この際、有無をいわさず処分をさせる。これを戦隊司令部の最終の決断とするから、よく心得ておいてもらいたい」

と参謀長口達の徹底遵守の姿勢を明確にした。

司令部からの処分の最後通告にたいして、「利根」からは、

「イマダ訊問終ワラズ」

と、だけ返信があり、再び光を発することはなかった。

十一日と十二日も天気に恵まれ、水偵が飛び立ち敵商船をさがしたが、何も発見することはなかった。横一列の捜索隊形をしいて北上していた奇襲隊は、十二日の二十一時に捜索を終了し、旗艦「青葉」を先頭に一列縦隊となって帰途をいそいだ。十四日、第一六戦隊の補

給隊がスマトラ島の南五〇海里の洋上に奇襲隊を出迎え、午後から半日かけて給油した。

翌十五日、スンダ海峡を通過した旗艦「青葉」と補給隊の「大井」及び「鬼怒」は、昼をだいぶ過ぎてバタビア港へ帰ってきた。

また第七戦隊から借り出されていた「利根」と「筑摩」は、バタビア港のとなりのパンジャルマシン港へいったん入港して水兵を上陸させると、桟橋をはなれ、すっかり日が落ちたバタビア港の沖合に錨をおろした。

四

この日、港で杉江艦隊参謀は奇襲隊の帰りを待っていた。

「サ」号作戦の無線封止はまだ解除されておらず、作戦の戦果は直接出迎えて訊くのがもっともたしかで早い。敵商船を何隻つれてもどってくるだろうか。作戦の立案にかかわった杉江は、おおいに期待していた。

杉江は昼前にバタビア港にあらわれ、陸軍が接収した港湾ビルの二階から波止場のほうをながめていた。港は赤道直下のわきたつような陽射しで暑い。

「青葉」を先頭に、第一六戦隊の艦が港にすがたをあらわしたのは、スコールが去り、港に風がわたるようになった午後である。「利根」と「筑摩」のバタビアへの帰港は夜になる、という報せは艦隊参謀の耳にもはいっていたので、第一六戦隊のあとには拿捕した船舶が入港するであろう、と心待ちにしていた。ところが、いくら待っても船のすがたは第一六戦隊だけで、沖合をさがしても海が青々とひろがるばかりで、なにも見あたらない。

水兵の上陸がおわり、港に人影がまばらになると、杉江は怪訝な思いでビルを出て波止場へむかった。

「青葉」をつなぐ上陸用ブリッジに近づくと、番兵がふたり中佐の肩章をみて最敬礼をした。杉江は足早にブリッジをあがると、司令官室を訪ねた。

左近允はわざわざ出迎えに訪れた艦隊参謀をいたわり、従兵にコーヒーを運ばせ、愛用のタバコをすすめた。

「遺憾ながら……」

向かい合うと、左近允の唇がかすかにふるえた。

「大型の商船を一隻、『利根』が発見したが、逃亡したので捕獲をあきらめ、沈めてしまった。それで高須長官に御報告できるような戦果はない」

左近允は肩をおとし、タバコを灰皿に押しつけた。

貌（かお）も二の腕も洋上の日射しに焼かれている。

「船名は把握されていますか」

「イギリス船籍のビハール号、七〇〇〇トンほどの最新の客船だった」

「それは残念なことをしました」

と杉江がいたわると、左近允は重荷をおろすようにいった。

「沈めんでもいい船を沈め、拾ってこんでもいい捕虜を拾って『利根』は帰ってきた。捕虜の処分は保留になっている」

昨日、燃料を補給するため洋上に停船した際、嶋内の問いかけに対し、捕虜はひきつづき訊問中ゆえ、処分を見合わしている、と「利根」は回答してきた。撃沈からすでに五日が経っている。

「『利根』はわれわれ戦隊司令部をバカにし、愚弄しています！」

嶋内はこめかみに青筋をたて、唇をふるわせながら左近允に知らせた。

報告をうけた左近允は、処分するにはすでに時機を失してしまっている、と判断せざるをえなかった。人道上はもちろんのこと、捕虜にたいして情もうつっており、「利根」の乗員が狂気にでもおそわれないかぎり、いまさら洋上で殺害するようなことはできるはずはない。

黛は戦隊命令に、司令官の左近允は艦隊命令にさからうことになるが、司令官として左近允にその腹構えはできている。

「いまさら申し上げる立場ではない、ということは重々承知しているが、スラバヤの艦隊司令部で捕虜を引き取ることはできないかな」

と左近允は苦しい胸の内を明かした。

「何名でしょうか」

「一一一名……」

数をきいて、杉江の表情に困惑の色がうかんだ。

「それは、つまり、救出した乗客乗員、全員ですね」

「そういうことだ」

「困りました。情報価値のある捕虜だけ上陸させるのならともかく、全員となると、艦隊司令部がうんといわんでしょう」

「しかし、バタビアまでつれてきて、いまさらここで処分するのは……」

「お立場は理解します……」

ふたりは互いに目をそらし、しばし、舷窓にうつる港の空をみつめた。

処分が口達の命令であるだけに、双方にその内容の解釈をめぐって、逃げ道がある。そのことを腹のなかにおさめ、左近允は一晩考えた案を示した。

「船長や将校など情報をもつ一五名は、スラバヤへ送る。残りはバタビアの捕虜収容所にお願いしてみたい。陸軍が断わるようだったら、『利根』に収容したままシンガポールへ連行する」

「その一五名なら艦隊司令部も了解すると思います。しかし、あとの件は司令官におまかせするしかありません」

「わかった。やってみよう」

明日十六日の夜、バタビア市内の高級ホテルで、陸軍将官の送別会が催されることになっていた。これまでジャワ方面を統括してきた第一六軍の将官クラスがごっそりバタビアを去ることになったことにともなう送別パーティーで、海軍の南西艦隊からも多数の将官が参加する。

この異動は、大本営が陸軍の南方防衛組織の一元化をはかるため第七方面軍を新設し、第一六軍もここに編入したことによるものである。第七方面軍の司令部は当面、シンガポールへおかれることになる。

パーティーには、ジャワ軍抑留所の所長も出席する、と左近允は聞いていた。そこで、左近允は所長の中田正之大佐宛に、「利根」の捕虜の引き取りを依頼する文書を用意した。明日、この文書をもたせた小山田参謀をバタビア市内にある抑留所本部へ派遣し、中田所長の意向をたしかめるつもりである。

海軍が勝手にかかえこんだ不始末をおしつけることになる。

断わられて当然だが、左近允自身もホテルで中田に会い、捕虜の収容について特別な取りはからいをお願いしよう、とひそかに決めた。

この日の夜、沖合に投錨したばかりの「利根」の信号灯が光りはじめた。

至急、司令官に会いたい、と黛艦長からの発信だった。

「どうされますか」

と艦橋で嶋内が打診した。

杉江と話した事柄は嶋内にもつたえていた。

「何か、ひどく急いでいるようですが……」

すでに夜の九時近い。

「捕虜をつれて帰ったのはいいが、どうなることやら、不安にかられて寝られんのだろ。私はいま会う気はない。明日、研究会があるから、その席で黛君から話を聞きたい」

「わかりました。ただ、司令部としても情報価値のある捕虜は、明日の会の前に取り調べておきたいと思いますが」

「それはそうだな……」

左近允は嶋内の申し出に少し思案し、

「先任参謀、君がこれから黛君とあって、情報のとれる捕虜は明日の早朝に『青葉』へうつすように伝えてくれ」

と嶋内へ命じた。

「残りの捕虜のことで話がでたら、どうしましょうか」

「黛君の考えを聞くだけでよい」

「上陸許可を求めてくると思われますが……」

「まあ、そうだろうが、私の考えはまだ伏せておいてくれ」

「すると、いまはまだ、処分命令が生きている、ということですね」

と嶋内はたしかめた。

左近允は深くうなずき、

「あとのことは、明日の会で黛君の報告と謝罪を聞いてから、私が判断する」

と断言すると、黛の申し出に「了解」の信号を送るように指示した。

五

内火艇をとばして、黛は真っ暗な海をかけてきた。

（人道上も戦時国際法においても、捕虜は処分すべきではない！）

直接会って訴えれば、司令官はきっとわかって下さるはずだ、という思いを抱いて「青葉」の戦隊司令部へやってきた黛は、左近允司令官は今晩、会うつもりはない、と嶋内から告げられ、がっくり肩をおとした。

「司令官にお伝えすることがあれば、お聞きします」

テーブルをはさんで座ると、嶋内はつとめて事務的にいった。

黛は憮然とした表情のまま、捕虜は処分せず、みんなバタビアにつれて帰ったから了解願いたい、と当然のように報告した。

そのことは、司令部も認めざるを得ない状況においこまれている。

黙ってうなずきながら、まず「利根」の艦長として、このような事態を招いたことへの謝罪があってしかるべきであろう、と嶋内は思ったが、黛は捕虜のことで頭がいっぱいなのか、謝罪の言葉は口にしなかった。

先任参謀を相手に、捕虜は労働力として利用すべきだ、という意見を黛はくり返し述べたが、司令部としては、このこともすでに「利根」からの通信文で承知していた。

黛の前のコーヒーは手をつけられないまま、冷めている。

「先任参謀、司令官にぜひお伝え願いたい」

と黛はあらたまり、つづけた。

「バタビアには陸軍の俘虜収容所がある。ここに引き取ってもらうよう、艦隊司令部に要請してほしい」

すでに左近允司令官が同じような解決策をさぐっている。

たぶん、そのような方向でこの問題は決着するだろう、と嶋内もひそかに思っていたが、このやっかいな問題をおこした当の本人が、司令部に後始末を指図すべきことではない。嶋内のなかに強い不快感がこみあげた。

嶋内は会議用テーブルからはなれ、立ち上がった。

「黛艦長、司令官の処分命令はまだ撤回されておりません」

「そりゃ、わかっとる」

黛は角張った顔をあげ、嶋内をにらんだ。

その視線をおしかえすように嶋内がいった。

「ご承知のように、海軍には抗命罪があります」

「…………」

思いがけない言葉に絶句した黛の顔面は、みるみる赤くそまった。

「司令官は処分命令をいま、撤回するつもりはありません。しかしこのバタビアの港で処分をすることは難しい。司令部としてもどうしたらよいか、現実的な道をさぐりたいと思っています」

と嶋内が捕虜救済をにおわすと、黛はふっと肩で息をした。

その様子を目でたしかめ、嶋内はつけたした。

「いずれにしろ、われわれをこのような苦況においこんだのは『利根』だ、と司令部は考えています。このことを黛艦長、しっかり自覚していただき明日の研究会に臨んで欲しいと思います」

「う、……」

黛は口ごもり、目をむき宙に視線をおよがせた。

「とりあえず、情報価値のある一五名については、戦隊司令部でも取り調べたいので、明日の朝『青葉』に移してください。残りの者については、明日の会のあと、どのようにするか、司令官から指示があります」

と嶋内は告げ、面談をしめくくった。

そして、黛が内火艇で「青葉」をはなれた直後だった。

スラバヤの南西方面艦隊司令部から、作戦に参加したすべての艦と戦隊司令部に宛てて、「『サ』第一号作戦部隊ノ編成ヲ解ク」とする電報が発信された。

「サ」号作戦は当初の商船拿捕という目的は何ひとつ達成できず、百人をこえる大量の捕虜だけをつれて帰るというやっかいな問題をかかえたまま終了した。

翌十六日の朝、ビハール号のサイモンズ船長以下、二名の婦人をふくむ一五名の捕虜が「青葉」に移送されてきた。他の内訳は連合国の将校二名、空軍パイロット三名と中国人医師一名、それに白人の高級船員だった。司令部としては、かれらをひとまず、抑留オランダ人が暮らすバタビアの収容所へ引き渡す腹づもりである。

予定どおり、十三時から「青葉」の士官室で研究会がひらかれた。

出席者は作戦に参加した艦艇の艦長、副長、航海長、それに第一六戦隊司令部の参謀たちであるが、小山田参謀は欠席していた。かれは朝から左近允司令官の依頼書をたずさえて上陸し、バタビア市内の抑留所本部へでかけている。

嶋内が司会をし、会がはじまった。

冒頭、左近允は作戦参加者の労をねぎらい、あわせて朝方、艦隊司令部から「利根」と「筑摩」を原隊の第七戦隊へ復帰させる発令があったことを出席者に周知させた。これで両艦は左近允司令官の指揮からはなれた、ことになる。

研究会は、ビハール号を撃沈した「利根」艦長のひとり舞台になった。

「筑摩」の財満艦長が着席するとき、となりの黛に撃沈のお祝いを小声で伝える一幕があったが、このことが黛の気持ちを大きくさせていた。それに、軍事編成上、「利根」は第一六戦隊ではなくなっている。黛は用意してきた「戦訓」を諄々と語りだした。

索敵についての空母使用と作戦部隊の編成、通商破壊作戦と敵の航空基地強化の予測、潜水艦の有効な活用方法、敵船の回航についての海域や敵船舶の速力などの基準、敵船の拿捕方法と回航班の任務、それに「利根」が使用した欺瞞手段とその効果など。

黛はここまで話すのに、たっぷり一時間を使った。

説明は理論的で知識も豊富なので、参謀たちのなかにはメモをとり、深くうなずいたりする者もいる。黛の話は海軍大学での講義のようになった。

「戦訓」を語り終えると、黛は正面の司令官のほうをむいた。

「ビハール号を撃沈して得た一一一名の捕虜でありますが、機密漏洩のおそれがない限り、高級船員に限定せず、それぞれの分野で活用すべきと考えます。下級船員は機帆船の乗員として使用できますし、また船客たる捕虜のなかには航空士官、砲員、水測員などの海軍軍人もおります。ほかの乗客もふくめ、全員を有効に活用するようにお願いします」

黛が着席すると、居並ぶ艦長や参謀が視線をいっせいに司令官へむけた。

左近允は口を真一文字にむすび、眼光するどく、黛をにらんでいる。

一瞬、室内が緊迫した空気になった。

なにか質問はないか、と嶋内が研究協議をうながした。

かたい雰囲気のまま、だれも発言をしない。

「やはりビハール号を拿捕するのは、無理でしたか？」

と、嶋内がすでに司令部として説明を求めたことを重ねて訊いた。

黛の顔に不興の影がさした。かれは座ったまま応えた。

「敵の船舶は日本軍におそわれたときは、すぐキングストン弁をひらいて自沈するようにレクチャーを受けている。なんぼでも船をもっている連合国と資源のない日本では、戦術がちがう。敵は近づけば自分で船を沈める。だから、こちらから発砲し、とどめをさした」

「発砲の前に、回航班が乗り移ることは困難ですか？」

「そりゃ、できん。商船といっても敵は砲門をそなえている。不用意に近づいたらこちらがやられる。通商破壊といっても戦争なのだ。回航班は友好親善の使節団じゃない」

と黛がいうと、まわりからクスっと含み笑いがおきた。

一呼吸おいて、黛はつづけた。

「とどめに主砲を何斉射かあびせたところ、不思議なことに、ビハール号は向こう側にひっくりかえって沈んだ。砲術で教えてきたこととちがうので、これだけは意外だった」

機をみていた左近允が立ち上がった。

「そんなことは、不思議でも意外でもない。命中した砲弾は反対舷の近くで炸裂するから、周囲に大きな孔をあける。向かい側に転覆するのが自然である」

教えられた黛は下唇をつきだし、頬をあからめた。砲術の権威と自他ともに認める男も面目まるつぶれだった。

左近允は会をまとめた。

「このたびの作戦はだれひとり負傷者もなく、無事終了できたことが何よりの成果だった。ただ一つ反省すべきところは、ビハール号を傷つけずに拿捕できなかったかどうか。大量の捕虜をつれて帰ることになったことと合わせて、今後の研究課題にしたい。なお、『利根』

に収容されている捕虜の扱いについては、処分せよ、という艦隊命令もあるので、いまこの場で話すことはできない。この件は軍事機密ということで了解されたい」

研究会が終了すると、司令官室に黛が三井を伴ってやってきた。

開口一番、黛は残りの捕虜全員の上陸を許可して欲しい、と申し出た。

いかつい顔のためか、司令官を前にして、言外にそうするのが当然、という表情である。

まるで凱旋将軍が、戦利品を受け取ってくれ、といわんばかりにもとれる。謝罪の一言もない黛の横柄な態度は左近允の気分を害した。

「黛大佐、それに三井中佐」

と、左近允は正面にふたりをみすえ、階級名で両名を呼び、申し渡した。

「すでに『利根』は本官の指揮下をはなれ、第七戦隊に復帰している。したがって、残りの捕虜の扱いについては、第七戦隊司令部に訊いてくれ」

「第七戦隊にですか？」

急にあいた距離をちぢめるかのように、黛は一歩前へ出た。

「そうだ。作戦は終了し、『利根』は第一六戦隊ではなくなった。『利根』のことで、本官は判断や命令をくだす立場にない」

と、木で鼻をくくるように左近允はいった。

黛は困惑し、低姿勢で訊いてきた。

「捕虜の処分命令はどうなりますか」

ひそかに小山田をつかって、全員の捕虜を上陸させる方途をさぐっている最中であるが、そのことを黛に明かす気にはなれず、

「君が艦隊と戦隊の命令に反し、処分をしなかった、という事実だけは厳然として残る」

と左近允は冷たく言い放ち、怒りをしずめ腕をくんだ。

「命令に反したつもりはありません」

「それは通らんぞ。捕虜は処分されず、いまも現に『利根』の艦内にいるじゃないか」

と左近允が声をつよめると、黛の顔は困惑でゆがんだ。

「捕虜の処分は本来、軍法会議が判決を下し、司令長官が命令をしなければなりません。今回の場合、手続き上の問題があるように思います」

「艦隊命令はすでに下達されている」

「軍法会議は開かれるのですか」

「戦隊司令官として、私はその必要を認めるつもりはない」

「では、『利根』のほうから直接、艦隊司令長官へ要請してよろしいでしょうか」

「バカ野郎！　抗命罪を忘れたか」

と左近允は一喝した。

捕虜処分命令は、軍令部の意向である。ほぼ一月前、艦隊司令部の多田参謀長が高須長官の命をうけ、東京の軍令部第一部（作戦担当）へ出向いている。このとき、多田は海軍省軍務局の岡局長にも会い、「人的資源の殲滅（せんめつ）」という「サ」号作戦のもうひとつの目的を秘密

裏に聞かされていた。このことを左近允は承知していたが、作戦に参加した各艦の艦長には話していない。「人的資源の殲滅」などというバカな目的があってよいはずはなく、わざわざ話す気にはなれなかった。

しかしいま、捕虜の処分という難題に直面し、左近允は当事者である黛とともに、軍令部がしかけた頸木にはめられた感がなくもなかった。

「司令官は、いまただちに処分せよ、といわれるのですか」

と黛が苦しそうに訊いた。

険しかった左近允の表情が少しゅるんだ。

くんだ腕をとき、間をおくと穏やかにいった。

「黛君、もう私は君に命じることはできん」

「しかし、自分はどうしたらよいかわかりません」

と黛は研究会のときとは別人のように小さくなって、うろたえた。

だが、まだ謝罪の言葉はなく、そのことがなお左近允の感情を悪くさせていた。

黛の背後でかしこまっていた三井が、緊張しきった声で哀願した。

「この際、処分命令を撤回していただきたいのですが……」

「ならん！」

と左近允は即座に応じた。そして声をやわらげ、自分はすでにその立場にないうえに、処分命令そのものは艦隊命令である、とふたりに言い聞かせた。

黛は力なく、愚痴るようにいった。

「処分したところで、わが国にはなんの得にもなりません」

黛の言葉で、一瞬、岡の顔が浮かんだが左近允は聞き流し、引導をわたした。

「作戦中から、捕虜の処分のことは一切、嶋内君にまかせている。『利根』が原隊に復帰したといっても、こんどの作戦で捕獲した捕虜である。どのように処分すればよいかこの際、嶋内先任参謀の考えを聴いてくれ」

嶋内は処分の強硬論者である。最終的には捕虜を全員上陸させる、という司令官の腹の内をかくし、嶋内がいま一度、黛を懲(こ)らしめることを左近允は期待した。

左近允の真意を知らない黛は、「処分」の言葉を重くうけとめ、三井をつれ、よろけるような足取りで司令官室をあとにした。

六

第一六軍が占領支配しているバタビアは、初代司令官今村均(いまむらひとし)中将の人柄と宥和政策が功を奏し、オランダ統治時代と変わらないにぎわいをみせていた。第七方面軍に編入され、この平和なバタビアを去る第一六軍の将官たちの送別パーティーは、街の高級ホテルを借りきってもよおされた。

左近允がホテルへゆくと、玄関ロビーで小山田が待っていた。

フロントの周辺は正装の陸海軍士官であふれている。ふたりは足早にかれらの間をぬけ、エレベーターで三階へ上がった。左近允は司令部をはなれ、ホテルに三泊する予定である。かれが宿泊する部屋に、ジャワ軍抑留所の中田大佐が訪ねてくることになっていた。

部屋にはいると、小山田が中田大佐との間で取り決めたことをつたえた。

「捕虜一五名は、しばらくバタビア郊外のオランダ軍城砦跡に収容し、それからスラバヤ送へる手はずになっております」

「そうか、それはありがたい」

もともとすべて海軍で処理すべきことである。その海軍からもちこまれた無理難題のひとつを中田があっさり引き受けてくれたことは、左近允にとって望外のよろこびであった。懸案は情報価値のない残りの捕虜である。

小山田に託した依頼書にたいし、中田所長がどのような返事をもってくるか。朝、すでに所長に会った小山田の感触をきくと、すこし期待がもてそうだった。左近允は中田所長の返答をふまえて、パーティーで高須長官にも会い、格別の配慮を要請するつもりである。じりじりする思いで待機していると、会のはじまる少し前になって、中田がドアをノックした。

招き入れ、左近允はさっそく礼をのべた。

「出来ることなら、なんでも協力させて下さい」

と初対面の中田はわがことのように心配した。

よくこえ、今村中将に似た風貌で好感がもてる。

だが、ジャワ島でかれが管轄する一一ヵ所の抑留分遣所の実態を聞くと、どこも食糧事情がきびしく、その上配属されている日本兵はごく少数で、朝鮮人軍属とインドネシア人兵補が管理と警備をしており、大量の捕虜をひきうけることには不安がある、と中田はまず問題点をあかした。もしかれの権限内で受け入れるとすれば、人数も国籍もかぎられる、ということである。

「連合国の白人でしょうな」

と左近允がたしかめた。オランダ人抑留者と一緒にする手がある。それにビハール号内の秩序順位からいえば、英豪の白人が先であろう。また、そのほうが国際法上も都合がよい。

「いや、白人は困ります。抑留者のほとんどは混血や華僑ですから、捕虜のなかからインド人を三〇名くらい選んで下さい。かれらなら、バタビア市内に分散させて、収容できます」

「インド人ですか」

と左近允は落胆に気づかれないよう、太い声で復唱した。

「はい。明日にでも上陸させてください。輸送用のトラックを一台、港に向かわせます」

「わかった。さっそく指示しよう」

と左近允は小山田をふりかえり、「利根」への連絡を命じた。

すると、

「司令官、残りはどうなりますか」

と、小山田が心許ない顔で左近允へたずねた。

まだ六十余名が「利根」の船室に残ることになる。これから原隊へ復帰するのに、捕虜をのせたままでは『利根』は困る。しかしかといって、『青葉』が引き取ることもできない。

左近允は中田所長にふたたび相談した。

「残りの捕虜をいずれ海軍がシンガポールへ運ぶにしろ、ここはいったん上陸させ、しばらくジャカルタであずかる場所はないだろうか」

「一ヵ所、空いている施設があるにはあります」

「ほう、それはどこですか」

「市庁舎の地下牢なら、六〇名くらい収容できます。ただ、ここは文字通り牢獄ですし、それに……」

「それに？」

「処刑が決まった囚人を、刑場へひきだす前に幽閉しておくところです。いい場所じゃありません」

「なに、そう長い間ではないから、『利根』に閉じこめておくよりもその方がよい。さっそく残りも上陸させたいが、よろしいか」

「わかりました。ただ、ここは私の所管ではありません。軍政監には報告し、了解をとりたいと思います」

と中田は手続き上のことをいったが、一時的な上陸であれば、問題になることはないだろう、ということである。

左近允は中田に握手をもとめ、陸軍の寛大な配慮に感謝した。

バンコクの駐在武官だったころ、左近允は今村中将の仁政をよく耳にしたことがあった。当時のバタビアを見聞した陸軍省の軍務局長が、「白人の老夫婦は手をつないで公園を散策し、街のカフェテリアでは恋人がささやきあっている。バタビアの中心街の殷賑(いんしん)は銀座の比ではない。獄舎の将校たちには十分なレクリエーションの時間が与えられ、囚房は深夜でも煌煌と灯がともっている」情況に驚き、今村に占領政策の変更をもとめたが、今村は頑としてはねかえした。

その今村の心が今日まで、ジャワの陸軍のなかに生きつづけている気がした。

中田が部屋を去ると、左近允は厳しい表情にもどった。そして、残りの捕虜については、「利根」がバタビアを出港する日に上陸させ、市庁舎へ移送することになる旨を、インド人捕虜三〇名上陸の件とあわせて、「利根」に伝えるよう、小山田へ命じた。

「自分が直接『利根』に出向いたほうがよろしいですね」

と小山田が伝達方法を確認すると、左近允はちょっと思案し、

「大切なことだから、嶋内君によく相談し、指示を仰ぎなさい」

と応えた。捕虜のことで憔悴している黛が、一転して顔をほころばすさまが左近允の目にうかぶ。

夕刻から、南洋のフルーツが柱や壁に飾られたホールでパーティーがはじまった。

左近允が新設される第七方面軍の司令官に土肥原賢二大将が補されたことを知ったのは、このパーティーの最中、会場で高須四郎長官に会い、捕虜のことを報告したときである。

残りの捕虜六十数名は、第一六戦隊のほうでシンガポールにある陸軍の捕虜収容所へ移送したい、と左近允が了承をもとめると、高須は表情をくもらせた。

捕虜の洋上処分ができなかったことは、いま不問にしたい。しかし、残りの捕虜をシンガポールへ送るとなると、第七方面軍司令部へ話をとおしておくのが礼儀というものだ。と高須は前置きし、

「司令官に土肥原大将がなる。君はそれを知ってのことか」

と左近允にたしかめた。

「あの、土肥原大将ですか」

と、思わず左近允は聞き返していた。

土肥原賢二は関東軍の政治謀略部門の中心にいた人物で、溥儀をかつぎ、満州国建国を画策した開戦派の大物である。もちろん、海軍の開戦派とおなじくヒットラーの信奉者でもある。

その土肥原の膝下へ、処分しそこなった捕虜六十数名をつれてゆくことになる。左近允が不安な気持ちにかられていると、

「まあいずれにしろ、残りの捕虜の移送について、艦隊本部からシンガポールの収容所へ早急にお願いする。心配するな」

と高須はいうと、その場をはなれていった。

七

送別パーティーから翌々日の三月十八日、原隊復帰の命令をうけた「利根」は、乗員九一〇人分の真水と食糧、それに生鮮野菜と果物をたっぷりつみこみ、出港の用意をととのえていた。

早朝、小型の舟艇が一隻、油をながしたような海面に波の線をひきながら、モヤでかすむ沖合の「利根」のほうへ近づいていった。衛兵が迎える舷門にあらわれたのは、艦長の黛大佐である。

十六日の研究会のあと、左近允司令官にいわれて嶋内先任参謀と面談した黛は、「処分命令は、なお実行すべきである」とする嶋内の強硬な主張に危機感をつよめ、急遽パーティーへの参加をとりやめると、艦長室にこもっていた。しかし夕方、川崎造船所バタビア工場長で予備役の後藤拱造海軍大佐から私邸に招かれていたことを思い出した黛は、ひそかに艦をぬけだし、工場長の私邸に二泊した。そして「利根」がシンガポールへ出港するこの日、艦にこっそり帰ってきたのである。

艦長室の前の通路で、阿部航海長が黛を待ち構えていた。

「捕虜を全員上陸させよ」

と左近允司令官から命令があった、と阿部は声をはずませた。

黛はにわかに信じられず、艦長室でじっくり話を聴いた。

十六日の夜の十時すぎのこと、戦隊司令部から小山田参謀が来艦し、残りの捕虜全員を市庁舎に収容することになったので、「利根」が出港する日の朝、港の桟橋へ上陸させるおくように、ということである。

小山田はこの朗報を、黛艦長へ直接伝達するつもりで「利根」にやってきたが、艦長も副長も不在だったので、阿部と高射長の石原大尉が小山田に会い、命令を受理した。石原はいつでも上陸できるように、捕虜に準備を命じており、黛の帰りを朝早くから待っていたのだという。

「まるで天にも昇る気持ちだが、本当だろうな」

と黛は怪訝な顔を阿部にむけたが、うれしくないはずはなく、目尻がさがり自然に口元がほころんだ。

「これから、さっそく捕虜を飛行甲板に整列させ、上陸前の点呼をとらせたいのですが、よろしいでしょうか」

と阿部が許可をもとめた。

早いほうがよいに決まっていた。艦長室の舷窓から朝日がさしこんでいる。

「忘れ物がないよう、よく点検させろ。全員がそろったら、すぐに舟艇に乗せろ。できるだけ急がせろ」

快活に返事をして、出ていこうとする阿部を黛はよびとめ、

「三井や谷、それに森本らはこのこと、知っているだろうな？」

と確認した。

「自分からは野田通信長に伝えてあります。野田大尉からみんなに周知しているはずですが」

「そうか、わかった。わしのほうから副長に聴く。君は捕虜のほうを頼む」

と黛は阿部に指示をだすと、従兵に三井を呼ぶように命じた。

数分後、艦尾から三つ目の右舷ハッチがひらき、捕虜がおぼつかない足取りで飛行甲板へあがってきた。

みんな水兵がつかう白い作業着を身につけているが、足もとはばらばらで草履や裸足の者もいる。ビハール号から逃げ出したときのわずかな手荷物をもち、久しぶりに目にする青空がまぶしいのか、手を陽光にかざし、兵士たちに指図されながら、カタパルトのよこに集まった。かれらは一六名ずつよこ四列にならんだ。最後の列は白人が一名多くなった。

阿部の指示で、捕虜管理の責任者だった石原が台のうえにあがり、たどたどしい英語で別れのスピーチをした。

「みんなが行く先は、バタビア市内の市庁舎である。水も食べ物も十分にあるはずだ。戦争が終わり、それぞれ故国へ無事に帰る日が一刻も早く来ることを祈る」

最後まで「利根」に残された捕虜六五名は、イギリスと豪州、それにインドとポルトガル領ゴアの乗客乗員たちであったが、白人がほぼ半数をしめていた。若い石原の友好的なスピーチが通じたのか、それとも十日間も幽閉されていたせまい船内から解放されるよろこびからか、いずれにしろみんなほっとした表情で、桟橋から上陸用の舟艇がやってくるのを待った。

やがて、その舟艇が「利根」に接舷しようとしていたときである。

通信員が阿部のもとへかけよってくると、捕虜の上陸を中止し、ただちに兵員室へもどせ、という黛艦長の命令をつたえた。

阿部は驚いたが、理由がわからないまま、石原に指示し、捕虜をハッチのほうへ追い立て、ふたたび船内にとじこめた。もう少しで上陸というとき、兵員室に逆戻りさせられた捕虜も、事態の急変に不安そうな様子であったが、また艦上へ呼び出されるものと信じているのか、抵抗する者はなかった。

阿部と石原が艦長室へゆくと、なかの雰囲気はがらっと一変していた。

「全員、もとにもどしました」

と阿部が報告すると、腰を下ろした黛をかこむように立っている、一〇人ほどの「利根」の各科の長の士官たちがじろっとふたりを一瞥した。

黛がすぐよこの三井副長を見上げ、あごを阿部航海長の方へしゃくった。

「ご苦労さん。ちょっとこっちへ来たまえ」

と三井が阿部に声をかけた。

「どういうことですか」

まわりを見回し、阿部が三井に訊いた。

三井は説明した。

昨日の昼、艦にもどった三井は野田から、左近允司令官が「捕虜上陸」を発令したことを聞いたときは、納得するものがあった。

というのも、昨日の朝、バタビアのホテルのレストランで司令官に偶然会った際、捕虜の処分命令のことで再度お願いすると、

「捕虜はみんな上陸させることになった。小山田君から『利根』のほうへすでに連絡がいっているはずだ」

と司令官があっさり応えたからである。

しかし、よくよく考えてみると、小山田は口頭で司令官の命令を伝えに来ただけである。そもそも、前日十六日の研究会のあと、左近允司令官は第一六戦隊をはなれた「利根」にたいして、「判断」も「命令」もできない立場であることを黛と三井に明言していた。

さすれば、小山田が伝達した「捕虜上陸命令」は、はたして有効なのか。

「利根」は第一六戦隊をはなれたが、作戦中の「捕虜処分命令」のほうは、まだ生きているのではないか。もともと、この命令は戦隊司令官をこえた艦隊命令である。

今しがた、艦長室によばれた三井は、このような疑念を黛にぶつけた。

黛は「うーん」とうなり声をあげ、捕虜の上陸をひとまず延ばし、配下の士官を集合させ、緊急の会議となった、というわけだった。

三井はみんなの前で、研究会のあと、左近允から明言された内容を確認した。

「利根」が捕虜を処分しなかったのは、艦隊と戦隊の命令への背反行為であり、このまま処分をしないと、「利根」には反命という事実が残り、抗命罪にとわれるおそれがある。それで、左近允に指示され、嶋内に処分方法をめぐって考えを聞きにいったが、具体的な方法の提示はなく、シンガポールへ帰るまでに、処分すべきであろう、とだけ嶋内は応えていた。

阿部が釈然としない様子でいった。

「しかし副長、司令官が残りの捕虜の上陸を命じたのですから、処分命令は撤回されたと解してよろしいのではないか」

三井は慎重に応えた。

「せめて研究会の席で、上陸を下命して下されば、そのとおりだが、『利根』が左近允司令官の指揮下をはなれたあとの命令だ。艦長が会のあと、直接司令官に捕虜の上陸を嘆願したが、司令官ご自身がすでにその権限はない、といわれた」

「すると、小山田参謀が伝達された命令も、無効ということですか」

と石原は顔をくもらせる。

「理屈をいえば、そういうことだろう。すでに左近允司令官に『利根』への指揮権はない。艦長の嘆願にたいして、司令官は残された捕虜の取り扱いについては、第七戦隊司令部の指示をあおぐようにいわれている」

　と三井は応えた。

「まあ、みんな、座ってくれ」

　黛は全員にテーブル席へ着くように命じ、ふっと息をはくといった。

「副長がいうとおりだ。なのにわしがお願いした日の夜、上陸を許可して来た。いったん権限はないとつっぱねておきながら、今度は上陸させせろ、だ。こんな気まぐれな態度や指示をとられてはかなわん。もう権限がないから思いつきで無責任なことをいう、と思われても仕方ないな」

「思いつきは、失礼ですよ」

　と阿部が諫めた。

「そうかの。まあもともと艦隊がアホな命令をだすから、こんな目にあわされることになる。このバタビアでだまって捕虜を引き取ってくれれば、なんの問題もなかったはずじゃ」

　艦長のいうとおりだった。室内はしばし、陰鬱な沈黙が支配した。

　左近允司令官の指揮下にないとすれば、艦隊命令でもある「捕虜処分」はなお厳然と生きていることになる。原隊の第七戦隊司令部へ捕虜を幽閉していることを報告し、指示をあおぐか、それとも「利根」が独自の判断で、艦隊命令を実行するか、二つに一つの選択を黛はせまられることになった。

「だれか、遠慮なく意見をいうてくれ」

黛は一人ひとり、気心の知れた士官たちの顔をみまわした。

艦隊司令部へ、処分命令の撤回を求めたらどうか、という意見がでたが軍事編制上、「利根」は南西方面艦隊からはなれ、第二艦隊に復帰している。左近允司令官同様、艦隊司令部も指揮権がなくなっていることを理由に、回答できないと応えてくることが予想された。それに悪くすれば、第二艦隊司令部へ「利根」が未処分の捕虜を幽閉したままであることを通知する恐れもあった。

そこで、やはり第七戦隊司令部へ指示をあおぐべきだ、という考えが大勢になったが、この場合は処分命令の撤回よりは、直ちに「処分せよ」と命じてくることが予測された。これでは藪蛇である。艦長室に再び重い沈黙が支配した。

野田が心配そうな顔でいった。

「このまま出港すると、捕虜を処分せずに復帰中、と第七戦隊司令部へだれかが命令違反をとがめる電信をうつおそれはありませんか」

そんなことはないだろう、と周囲の士官たちが野田の心配を打ち消した。

ところが三井は、野田に「だれか」というが、思い当たる者がいるのか、と問いただした。

それはわからない、と野田が応えると、三井は黛にいった。

「まさかとは思うが、『利根』の情況を外部に密告する不埒なヤツがおっても不思議じゃない。いまこの場で名前をあげるのは控えますが艦長、第一六戦隊司令部の士官には、もう狂信的なほどの捕虜処分主義者がいます」

黛は合点し、下唇をかみしめ、

「わかっとる。あれは油断ならんヤツだ」

と敵意をむきだしにして、はき捨てた。

すると、野田がおずおずと口をはさんだ。

「艦長、自分が思うにどうも捕虜処分の件は艦隊司令部より、もっと上のほうから命令が下りてきている気がしてなりません」

「ほう、そうか、すると君はどこやと思うか」

問い返された野田はごくんと生唾をのみ、いった。

「軍令部あたりから……」

「軍令部?」

と黛は目をむいた。

「自分はずっと心配しておりました。この命令そのものは軍令部から出されているのじゃないかと……」

と野田がいうと、まわりの者が互いに顔を見あわし、うなずきあう。

「そうか、みんなもそう思っていたのか」

黛は問いかけたが、だれも表情をますます硬くし、押し黙っている。

「なるほど、いわれてみると作戦部(軍令部第一部)の顔が見え隠れせんでもないわ」

黛はがっくり下をむいた。みたび、息苦しい沈黙が艦長室を支配した。軍令部からの命令であれば、拒めば「利根」そのものが抗命罪に問われる。

　石原が遠慮がちに声をあげた。

「捕虜を運ぶ舟艇を待たせたままになっていますが、どうしましょうか」

「バカもの、そんなことは、ほっとけ。あとの話だ」

　とだれかが石原を叱ると、阿部が進言した。

「第一六戦隊司令部へ、小山田参謀が伝達した上陸許可の件、もう一度、確認してみたらどうでしょうか」

「そんなことはできん」

　と三井は即座に否定したが、黛は顔をあげた。

「ちょっと待て。処分をするにしろ、言質をとっておきたい。小山田参謀から上陸させろ、という司令官の命令を伝達されたが、処分命令は撤回されたのかどうか、電文で訊いてみろ」

　と黛がいうと、野田ははじかれたように席をたった。

　黛はぐっと声を落とした。

「どういう方法がよいか、提案してくれ。処分はさけられそうにない。必要なものがあれば出港まえにそろえておかにゃならん」

　全員が喉にものがつまったように顔をゆがめた。

　うつむいたり、怒った顔で艦長の背後の神棚をにらんだり、頭をぽりぽりかきむしったり、と士官たちの反応はさまざまである。それでも、周囲をはばかるように、やがてぼそぼそと処分方法の話し合いになった。

できるだけ内々に処分をしたい。手っ取り早いのは銃殺だが、銃声が惨劇をあおり、乗員の士気にわるい影響がある。こっそり毒殺してしまうのが一番よいのだが、使用できるガスも薬物もなかった。するとあとは絞殺かそれとも斬殺のどちらかである。

この二つの方法についても、いろいろな考えや意見がでたが、六五名という多数の人の命の「処分」である。できるだけ短く、捕虜を苦しめない方法は、斬殺がよかろう、ということに落ち着いた。

バタビア出港が十九時三十分の予定だった。シンガポールまで日本でいえば東京から呉ほどの距離である。バンカ諸島をぬけ、リンガ泊地、そしてマラッカ海峡をまっすぐ北上するコースを航海することになる。そこで「処分」は兵士が寝静まった深夜に、艦上でおこなう。すなわち、漆黒のジャワ海を航行している十八日の夜十二時から、ひとりずつ飛行甲板へよび出し、当て身を食らわせて気絶させ、処刑台へはこび、蘇生させた瞬間に頸をはねる。それから死体が浮上してこないように、腹部を銃剣で数回串刺しにして、頭部とともに海へ捨てる。とこのような方法で六五名を処分することに決した。

当て身と頸をはねる役目は、柔剣道部員が交替でになうことにし、他は回航班のなかから選ぶこととした。人選はすぐにすみ、総勢五〇名ほどの捕虜処分班が編成された。ここまで、話し合いはスムースだった。しかし、全体の指揮をとる責任者をだれにするか、ということになると、みんな途端に口が重くなった。

お互いが牽制しあっているところへ、野田が重い足取りで帰ってきた。

黛は言質のとれる「電文」に期待したが、第一六戦隊の司令部は「利根」の問い合わせにたいして、

「関知スル立場ニアラズ、回答不能」

と返信があった。

野田の報告を聞くと、黛は太く濃い眉をあげ、いった。

「正体はわからんが、なんや大きな目がこの『利根』をみとる。こうなったらやらにゃならん。みんなそれぞれヘマがないよう、用意してくれ。それから責任者のことだが、みんなの中からわしと三井が相談して決める。決まったら十三時に艦長室に呼ぶ。大変な大役だが、あとは責任者の指揮にまかせる。だれがなるにしろ、他の者はおおいに協力して、この危難を乗りきってもらいたい」

艦長室に呼ばれたのは、高射長の若い石原だった。

捕虜処分のいきさつからいえば、回航班指揮官の森本十郎大尉や砲術長で柔道五段の谷鉄男少佐が適任だったが、相談役の三井がなぜか反対した。艦では衛兵司令をしている石原大尉が捕虜管理の統括責任者であるから、この際、石原にさせるのがもっともスジがとおる、というのが三井の理屈であった。

石原は血の気が引いた青白い顔で、ふたりの前に立った。

「大きな仕事だ。いつも冷静沈着な君をおいてほかに人はおらん。すべては極秘裏にやって
もらわにゃならん。ご苦労だがよろしく頼む」

と黛は督励した。

「石原君、いまなにか、ここで要求しておくことはないかね」

三井が黛の背後から訊いた。

石原は下唇をかみ、つりあがった目を天井へむけた。

血しぶきが顔にふりかかる錯覚におそわれ、ぎゅっと目をとじ、両手で顔を被った。それ
から顔を二度三度たたくと、喉の奥から声をしぼりだした。

「艦長、水がいります。たくさん」

「水?……」

「真水の用意をお願いします!」

「水か、わかった。いるだけ使え。いっぱい積むから安心しろ」

石原が退室すると、黛は三井に真水を三〇トン追加して積むように指示した。

そんなにいらんだろうと思ったが、将来のある若い石原の気持ちに応えたいという気分が
水の量を増やした。

第四章——戦塵

一

前日、東京を発った進駐軍徴用列車が、大阪駅のホームにはいってきた。三両仕立ての列車がとまり、先頭車両から自動小銃をもつ豪州兵がふたりおりた。ホームで待機していたのは、東南アジアではじまった英国戦犯裁判の日本人弁護人たちである。中年から初老の一〇名の男たちは、兵に乗車をうながされ、見送りに来た弁護士会の人たちへ別れの挨拶をかわすと、車内に消えた。

旅たつ者も見送る人も、地味な背広すがたである。

汽笛が鳴り、列車はうごきだしたが、窓に追いすがる者もなく、見送り人はその場でぎこちなく手をふり、拝むように頭をさげた。ホームをでた列車は、まだ戦災の余塵をふくむ風をきり、呉にむかってはしりだした。

大阪からこの列車に乗った弁護人のなかに小谷勇雄がいた。

小谷の場合、ちょうど半年前の昭和二十一年十一月、大阪弁護士会から外地の日本人戦犯弁護人の話があった。戦争裁判に関心が高かった小谷は躊躇なく承諾したものの、そのときはどういうわけか、話がのびのびになり、忘れかけたときに、ふたたび今度は第一復員局から直接依頼があった。

先頭車両には、東京からきた弁護士が一〇名と三名の通訳が乗っていた。小谷たち大阪組は形どおりの挨拶をかわすと、がらがらに空いている席へ、それぞれ手荷物をおいた。車内が少しにぎやかになったのはこのときだけで、席におさまると、列車の振動に身をまかせ、みんな押し黙ってしまった。小谷をふくめ、出発する弁護士たちはだれも、東南アジアのどこで、だれの弁護をするのか、まだ何も決まってなかった。

小谷が同じ列車のうしろ二両で、戦犯が護送されていることを知ったのは、トイレにたったときである。こっそり中をのぞくと、ボックス席に英兵一人と日本人戦犯が二人ずつ、互いに鎖状の手錠につながれ座っていた。見てはいけないものを目にした気がして、小谷はすぐ視線をそらしたが、戦犯たちは痩せてつやのない横顔をじっと車窓にむけたきりだった。

巣鴨プリズンから連れ出された六十余名の日本人戦犯と、弁護人、それに通訳を乗せたこの重々しい空気の徴用列車が呉駅に着いたのは、昭和二十二年五月十九日の夕刻である。

呉駅のホームで、戦犯は二列縦隊にならばされた。

英兵が列の前後をかため、そのまわりを銃剣と小銃の豪州兵にかこまれた戦犯の隊列が、ぞろぞろ跨線橋の階段をのぼりはじめた。

急げ、と豪州兵が号令をかけた。

体格も年回りもさまざまだったが、戦犯たちはちょこちょこ小走りに足をはやめ、やせ細った尻をふらふら左右にふりながら階段をかけのぼった。まるで屠所へ追い立てられる家畜である。

跨線橋をわたったかれらは、道路の両側に立ちすくむ見物人たちの目にさらされながら港の方へ歩きだした。小谷たち弁護団をのせた軍用トラックは、その隊列の横を通り過ぎ、先に桟橋に着いた。

桟橋には一万トン級の英国輸送客船ディルワラ号が横づけされていた。

見上げると、二層のデッキいっぱいに帰国する駐留イギリス軍の年若い兵士たちが鈴なりである。

案内役の船員に先導され、弁護団一行がブリッジをわたっていると、周囲の喧噪がふっとやんだ。小谷はふりかえり見下ろした。戦犯の隊列が桟橋へ到着したところだった。陽気にさわいでいた兵士たちが、異様な集団の到着に息を呑み、桟橋のほうを凝視していた。

桟橋に整列した戦犯たちの点呼がはじまった。

一人ひとり名前をよばれ、「はい！」、また「はい！」とかれらは新入生のような声をあげていた。見ていた小谷はさすがにつらくなり、背をむけると、デッキから船室へはいった。

小谷が同じ船で外地へ運ばれるかれらを目にしたのは、このときが最後だった。

翌朝未明に出港したディルワラ号は、四日後に香港に立ちより、香港島守備軍の英兵七〇〇名を乗せると、シンガポールをめざして南シナ海を一路南下した。

このころ、日本人弁護団はたがいにうちとけ、すこしこみいった話もかわすようになった。弁護団に与えられた船室は五〇人も入れそうなほど広かったが、なんとなく気の合う者が隣りあってハンモックをつり、昼夜をともに過ごすようになっていた。

香港を出ても、最終的な行く先がどこになるのか、まだだれも決まってはなかった。とりあえず、英国管轄の戦犯裁判の本拠であるシンガポールへゆき、そこからジョホールバル、クアラルンプール、ペナン、ラングーン、そして香港など全部で一一ヵ所ある裁判所各地へ弁護人がわりふられることになっている。

小谷は東京からきた中村武吉弁護士と気安い仲になった。

中村はBC級戦犯を対象とした横浜軍事裁判の容疑者にしばらくかかわった経験があり、そのことを小谷に話してくれた。これから英国裁判を担当することになるから、インド洋を主要な舞台にした潜水艦事件（別称・市岡裁判）について、いくらかでも知識があったほうがよい、と中村はいった。

この事件は、日本の潜水艦が撃沈し、救助した連合国艦船の捕虜にたいして、潜水艦乗組員が殺害、暴行、略奪など国際法に違反する残虐な行為をおこなったというもので、容疑関係者は四〇名以上におよんでいたが、そのうちまだ何人もの容疑者が逃亡中だったため、裁判ははじまっていなかった。

容疑がもたれた潜水艦は五隻あったが、中村がかかわったのは伊号第八潜水艦の乗員たちである。まず、中村は、

「あなたは、有泉大佐をご存知でしょうね」

と小谷へ訊ねた。もちろん小谷は承知している。

昭和十九年二月から同年十月まで伊八潜の艦長だった有泉龍之助(ありいずみたつのすけ)大佐は、この間、インド洋通商破壊作戦に二度出撃し、タンカーと客船をそれぞれ二隻、計四隻の船舶を撃沈する戦果をあげた。

伊八潜はいったん横須賀に帰投した後、修理のため岡山県の玉野造船所へ回航される。一方、有泉は軍令部出仕から第一潜水隊司令として、ウルシー環礁に碇泊しているアメリカ艦艇を攻撃する作戦に従事した。ところがウルシーに到着する直前に終戦となり、潜水艦は反転すると横須賀港をめざして北上した。

昭和二十年八月三十日、明日はいよいよ横須賀に入港するというその日、有泉は伊四〇一潜の司令室で拳銃をもちいて自決し、遺体は部下の手で房総沖の海に水葬された。

有泉の自決は通商破壊作戦における連合国捕虜殺害の責任をとったものとして、新聞でも報道された。戦争犯罪のことをマス・メディアが取り上げはじめたころのことである。

中村は話をつづけた。

翌二十一年三月、伊八潜関係で最初の逮捕者がでた。

通信長をしていた名和友哉で、終戦後、逗子の自宅に帰っていたところ、GHQから呼び出しをうけ、出頭するとその場で逮捕され、巣鴨プリズンへ収容されてしまった。

それからというもの、地元の刑事が海軍技術中将だった父武のところへよく顔をみせるようになった。伊八潜事件の容疑者の多くが国内に潜伏している。潜水艦乗りは海軍のなかでもひときわ結束がかたい。地下に潜った者同士がたがいに連絡をとりあい、逃亡を助けあっている。あなたの子息も伊八潜の多数の仲間の所在を知っているにちがいない。父親として何かつかんでいることがあれば、残らず情報を提供してほしい、とそのような用件だった。

さして伝えるほどの事柄は何もなく、元中将はそのつど、刑事にひきとってもらっていたが、その年の秋、思いがけない人物が保護を求めてきた。

それは伊八潜で軍医長をしていた本橋政男である。

本橋は東京慈恵医科大学を卒業した年の九月に、軍医として海軍に入隊し、初陣が伊八潜のインド洋通商破壊作戦であった。

かれは魚雷戦や浮上してからの砲撃で、敵艦船を沈めるまでの艦内の様子は熟知していたが、敵乗員を艦上で処分した現場には立ち会ってはいない。

そのような殺戮がおこなわれたことを初めて知ったのは、伊八潜がオランダの商船を撃沈したときである。場所はセイロン島の南のモルディブ諸島海域で、救助した捕虜全員を艦上で機銃掃射して殺害し、海中に死体を投棄した。それはすさまじい光景であっただろうが、本橋自身は血の一滴もみてはいない。あとから聞かされただけである。

この行為が人道に反する野蛮なことだという自覚はあったものの、戦争とはもともとそういうものだ、という思いのほうが強く、疑念がわき、罪の意識にさいなまれるということはなかった。本橋は大学時代、自らすすんで尾山台にあった教会に通い、クリスチャンになっていたが、人間愛と祖国防衛の戦争は矛盾することなく、かれのなかで共存していた。

その本橋は戦後、宇治山田の日本赤十字病院に勤務していた。

病院の庭が菜の花に彩られた早春、とつぜん元砲術長が病院にあらわれ、

「名和が巣鴨におくられたぞ」

と告げると、肩をおとした。

各部署の長をはじめ生き残った乗員にはみんな逮捕命令がだされた、という。逃げても、やがて捕まる。塀の外にいる間に、みんなで裁判対策をやろう、と話して砲術長は帰っていった。

ところが、昭和二十一年の夏、砲術長、機関長、分隊士、電気長と四人がつぎつぎに逮捕され、いよいよ本橋の番が迫ってきた。

本橋は病院を辞めると、逗子に名和元中将を訪ね、戦犯裁判への対応を話し合い、かれ自身は連絡役になることにした。まだ地下にもぐっている仲間の結束をはかることが目的である。本橋は中将の世話で、名和の郷里の福井に潜伏する家屋を借りた。福井を拠点に昨秋からこの年の春まで、伊八潜の仲間を訪ねて全国をまわり、半年ぶりに病院へ復職した。もういつ逮捕されてもよい、と用意ができていた。

本橋は名和元中将のツテをたよりに、中村に伊八潜関係者の弁護の相談をもちかけていた。それで中村は一連のことを知ったのである。

中村はこの潜水艦事件の責任問題について、一言ふれた。

「有泉艦長は生前、本橋さんの問いに応え、捕虜殺害は上級司令部から人的資源の殲滅をはかるよう指示を受けており、やむをえない、と語ったそうです」

じっと耳をかたむけていた小谷は訊いた。

「それは一体、だれの指示だったのでしょうか」

中村は即答した。

「おそらく、指示の一番上は永野修身でしょう。しかし永野はご承知のとおり、この一月五日、巣鴨で病死しました」

「すると、上級司令部から指示があったかどうか、真実はわかりようがない、ということですか」

「上層部に不利な文書はことごとく焼却されています。それで証拠は示せないが、指示は当然あったでしょう。そして指示の源は永野をおいて他にない、と私は思っています。ドイツ好きで開戦派だった永野は昭和十六年四月から十九年の二月まで軍令部総長をしています。かれが総長をしていたときに、指示がだされたと考えるのがもっとも説得力がありますね」

と中村は自信ありげにいった。

かれは潜水艦事件の弁護を引き受けるつもりだったが、官選弁護人になれなかったため、弁護を断念したいきさつがある。

戦争法規にふれる行為を上部が命令し、粛々と実行せざるを得なかった将兵が戦争犯罪に問われる。潜水艦事件のゆがんだ構図がここにある。

お互い、これからどのような事件を担当することになるか、想像もつかなかったが、中村の話は日本人戦犯弁護人としての使命感を鼓舞するものがあった。

二

弁護団一行を乗せたディルワラ号がシンガポールのセレター軍港の大埠頭に着岸したのは、五月三十一日の午後のことである。

シンガポールには、日本への帰国を待つ抑留軍人が陸海両軍あわせてまだ数万人残留していた。両軍の司令部は武装解除されず、残務整理におわれる毎日である。

軍港に着いた小谷たちを出迎えたのは、軍港の荷役作業にかりだされた日本人軍人たちと、南方軍総司令部「戦犯部」差し回しの軍用トラックであった。

弁護団をのせたトラックは、ジョホール水道沿いの椰子の並木がつづく舗装道路を一時間あまり走り、椰子林を切りひらいた広場のなかにぽつんと建つ弁護団宿舎の手前で停まった。周囲は赤土がむきだしになった荒れた台地で、雲ひとつない青い空がぽかんとひろがっている。

「ここから、チャンギー・プリズンまで、車で十分ほどです」

と案内役のまだ年若い司令部参謀が説明した。

このあたりはシンガポール島の東南の角地で、椰子林がうっそうと生い茂る辺境だったが、およそ百五十年前、先端の海岸に面した崖に大英帝国の要塞がつくられ、さらにいまはチャンギー収容所が椰子林のなかに建てられていた。

宿舎を拠点にして二週間、弁護団は陸海軍司令部への訪問、ジョホールバルとチャンギーの法廷見学、それに一日、英軍戦犯部から支給された五ポンド（四〇シンガポールドル）の給与をふところに、観光と買い物についやした。

小谷はこれらの日々のなかで、セレター軍港の第一〇方面艦隊司令部を訪ねた日のことと、法廷見学の最終日に傍聴した判決内容のことがとくに印象深く胸にのこった。

艦隊司令部訪問は、宿舎生活にも慣れた六月九日のことだった。

司令部がおかれていた建物はみすぼらしかったが、手入れが行き届いた周囲の芝生はすがすがしかった。さらに建物の背後には、ジョホール水道が英国統治下のゆるぎない伝統と自信をとりもどしたかのように、深い群青の水を満々とたたえていた。かつてイギリスが世界に誇った二大最新鋭戦艦「プリンス・オブ・ウェールズ」と「レパルス」も、この水面にその偉容を映していたのである。

弁護団が応接用の部屋でまっていると、丸い黒縁の眼鏡をかけた福留繁（ふくとめしげる）長官がバタバタとはいってきた。

待たせて申しわけない、と福留はまず一行にわびた。禿げあがった頭や額から汗がふきだしている。

「ついさっきまで、褌（ふんどし）一枚になって芝生の草をむしっとりました。それで皆様にお目にかかるため着替えておりましたが、手間取ってしまい、大変失礼しました」

と福留はわびると、副官が差し出したタオルで汗をぬぐった。軍人というよりも、学者肌のやわらかな物腰である。

司令部が管轄している地域には、一三万人にあまる日本軍人や軍属がまだ散在していた。終戦後、海軍司令部は約五〇〇〇人の作業部隊を組織し、邦人たちの集結輸送、内地への送還、戦災地域の復旧作業、さらにセレター軍港内に停泊している大小二〇〇をこえる英国艦艇の保管修理をおこなっていた。ゆっくりする暇もないほどの忙しさである。

また一方、この地に勝者としてもどってきたイギリス軍は、日本人戦犯をつぎつぎに摘発して逮捕し、法廷で容赦のない判決を下していた。すでに数多くの同胞が刑場の露と消えている。

「チャンギー・プリズンには今、二〇〇〇人余りの日本人戦犯が収容され、裁判を待っております。みんな皆様方のご助力をこころより待ち望んでおります。どうかくれぐれもよろしくお願い申し上げます」

福留長官は立ち上がり、深々と頭をさげた。

そして別れ際、逮捕も覚悟していたのか、一語一語かみしめるようにいった。

「祖国に帰って、不肖福留のことを語って下さることがあれば……」

と前置きし、口ひげに手をあて、ちょっと思案し、

「海軍の責任者として、祖国の皆様に誠に申し訳のない結果を招いてしまい、心からおわびしたい、とお伝え下さい。本当に申し訳ない」

とふたたび頭をさげるのだった。

福留は太平洋における連合艦隊の主要な作戦に深く関与している。

昭和十九年三月三十一日、古賀峯一司令長官の乗る飛行艇の一番機がパラオからダバオへ移動中に悪天候におそわれ、行方不明となる出来事があった。このとき、参謀長だった福留は二番機に搭乗していたが、この飛行艇はセブ島近くの海に不時着した。司令部要員三名をふくむ一〇名は島にむかって泳いでいる途中、現地のゲリラ隊のカヌーに救助され、捕虜となった。救出にきた日本の守備隊との間で交渉がおこなわれ、福留たちはゲリラから解放されたが、防水ケースごと海へ投棄したはずの機密文書（作戦計画書と暗号関係書）は、すでにゲリラの手によって回収され、豪州軍に引き渡されていた。

この出来事はのちに海軍乙事件と呼ばれるようになったが、このときの機密文書が連合国側に漏洩したため、この後の日本海軍の作戦はアメリカへ筒抜けの状態になってしまった。

この弁護団の訪問からしばらくして、福留は英国戦犯部に逮捕され、禁固三年の判決を受けた。

艦隊司令部訪問の翌日、小谷たちはチャンギー・コートで最後の傍聴をした。

このときの裁判は、輸送中のイギリス人捕虜を虐待したという事件で、輸送船団指揮官と船長のふたりに対する結審があった。指揮官は無罪となり、その場ですぐに釈放されたが、船長は有罪だった。

そこで量刑を言い渡すにあたって、裁判長が東京から派遣されていた弁護人の広瀬和四郎に、被告人を有利にするための新たな証拠はないか、と訊いた。

広瀬はやおら立ち上がり、かつて被告はシンガポール港内を航海中に人命を救助したことがあるので、その証人を申請したい、と申し出た。申請は受け入れられ、ただちに証人の審訊があり、船長は一年の懲役刑ですんだ。英国戦犯法廷では、人命救助という行為は、被告人の情状酌量に大いによい影響を与えることがわかった。

そしてこの日、夕食のあと、二〇人の弁護士のそれぞれの赴任先を決めるため、抽選のくじ引きがあった。

雨期をひかえ、みんなは内心このままシンガポールにとどまることを希望していたので、おたがい運を天にまかせて、赴任地を記したこよりを引くことにした。その結果、小谷をふくめ、四人が香港裁判を担当することになった。

三

小谷たち四人の弁護人が、英国客船で香港の九龍市の港についたのは、六月十三日の午後であった。日本を出発して、ほぼ一月がたっている。

埠頭には香港英国戦犯部が手配した舟艇が、シンガポールからきた裁判関係者を対岸の香港島へ運ぶために待っていた。舟艇に乗り込んだ日本人は小谷たちだけで、あとはイギリス軍将校と従卒である。

シンガポールとはちがって、梅雨どきの香港の空は厚い雲におおわれていた。同じ英国統治下とはいえ、ここは中国のすぐ膝元で大陸の窓ともいえる場所である。小さな島に大小さまざまな形のビルが、山をおおう雲の下に林立している様は、小谷の目に民衆がうみだす巨大な欲望の造形のように思えるのだった。

三キロほどの海峡をわたって、舟艇は香港上海銀行のすぐそばの桟橋についた。

上陸すると、小谷のまわりに五・六人の苦力（クーリー）がどっと押し寄せ、両手にさげたボストンバッグを奪いとろうとした。とっさのことに驚き、苦力たちの勢いにたじろいでいると、小谷のすぐ背後にいた若い将校が「ヘイ！」と鋭く叫び、携行していた竹の鞭で苦力たちの尻を思い切りひっぱたいた。苦力は飛びはね、甲高い奇声をあげながら、蜘蛛の子を散らしたように逃げてゆく。

みんなの上陸が無事にすむと、小谷は将校に近づいた。

白人には珍しいほど小柄で、鼻下のカイゼル髭がピンと上をむいている。

「どうも、ありがとう。助かりました」

「びっくりされたでしょう。香港はとても対日感情の悪いところです。街に出るときは、日本語を使わないようにしたほうがよい。十分に気をつけて下さい」

　と将校は英語でゆっくり諭すようにいった。

「私たちは香港裁判の弁護人としてやってきました」

「ええ、知っていますとも。私も戦犯裁判が仕事だが、立場は異なり検事役です。メジャー・クロスといいます。イングランドのケント州出身で戦争中は砲兵少佐でした」

　クロス検事は小谷に握手を求めてきた。

　その気さくさに少したためらいながらも、小谷がさしだされた手を握りかえすと、

「戦争中、ラングーンで日本軍の捕虜となり、台湾の収容所におりました。日本軍の捕虜政策は身をもって体験しています。法廷でご一緒するかも知れません。そのときはよろしく」

　と微笑したが、検事の瞳は復讐にもえるかのように冷たい光をはなっていた。

　小谷たちは英軍常用のジープ三台に分乗した。海岸沿いの電車通りを走り、中国人街を過ぎて間もなく、土塀でかこまれた二階建ての洋館の正門前でジープは停車した。門の側には警備兵用の簡素な小屋があり、みると自動小銃を携行した兵士が無表情な顔で立っていた。

　車からおりたち、門にわたされた横看板を見上げた。

「第五、第七戦犯法廷（No. 5 and No. 7 War Crime Court.）」

　と漢字と英語で表記されている。

　この洋館の正面左側の一階が第五法廷、そしてその二階が第七法廷で、第六法廷というのはなかったが、この二つが香港日本人戦犯の法廷であった。

小谷たち日本人弁護人の宿舎は、同じ建物の二階の部屋があてがわれていた。執務室は共同だが、弁護人には個室が用意され、ベッドと軍用の毛布が二枚支給されていた。食事は階下の食堂で当番兵がつくったものを食べる。食材は戦犯部から毎日、トラックで運ばれてくる。

東京から派遣された七名の弁護人が、部屋と事務机を使っていたが、そのうちの三人は小谷たちと交替で帰国するので、スタンレーのイギリス軍要塞内にある「キャンプ」と呼ばれる宿舎へすでに移動していた。この「キャンプ」は、中国各地で開かれている戦犯裁判に関わった弁護人や証人、それに通訳が日本に帰るために乗る英国客船を待つための中継地の役割をになっていた。

法廷と弁護人宿舎になっているこの洋館は昭和十七年二月、日本が香港に占領地総督部を設置した際に使用されていたもので、香港統治のシンボル的な建物の一つであった。いまは、その時代の戦争犯罪人を裁く場所となり、日曜日をのぞく毎日、法廷がひらかれている。

宿舎に着いた翌日、小谷は外へ散歩に出ようとして、バナナの実がみのる洋館の敷地のなかに、イギリス軍の兵士が三人もいるのに驚いた。身分証明書を呈示すると、すぐに門を通してくれたが、武装した兵士に護られて滞在しているという現実に、小谷は背筋が寒くなる思いだった。もっとも路面電車が行き交う通りからさらに中国人街まで足をのばしてみたが、小谷が日本人だとわからないからか、危ない思いをすることはなかった。

数日後、小谷はイギリス軍の警備兵が宿舎に常駐するようになった、いきさつを知った。

日本軍の統治時代の憲兵隊長だった野間賢之助大佐の裁判がきっかけだったのである。

占領期間中、「草を刈るように人を殺した」といわれた野間隊長にたいする香港民衆の恨みと復讐心はすさまじいものがあったという。

憲兵隊は共産主義者や反日分子の摘発だけでなく、香港の治安と警察事務も兼務していた。憲兵隊は配下に特務機関をもち、現地の中国人をやとっていた。かれらの中には、虎の威を借り、一般民衆にたいして悪事をはたらく者も多く、そのことが憲兵隊長にたいする憎悪を増幅させたともいわれている。しかしそれにしても、摘発された中国人にたいする憲兵隊の拷問はすさまじく、自供を強制させられ、不当に命を奪われる人たちが多かった。

香港が解放されると、イギリス軍政府はただちに戦犯調査処を設置し、日本政府に協力した中国人「売国奴」三一名を国家反逆罪で裁いている。また一方、香港裁判で起訴された日本人戦犯は一二〇名をこえた。

野間は昭和二十年二月のはじめに離任して香港を去っていたが、戦後ただちに香港法廷の第一号戦犯に指定され、昭和二十一年二月八日に日本から護送され、スタンレー刑務所に拘禁された。香港島での護送中、民衆に取り囲まれた野間は、暴行を受け、刑務所に到着したときには顔がはれあがり、身体中傷だらけであった。裁判がはじまると、法廷内は傍聴人であふれ、建物の周辺はつめかけた群衆でいつも騒然とした。死刑判決が下されると、法廷から連れ出された野間を群衆が取り囲み、自分たちの手で死刑を執行しようと、大騒ぎになった。このような事態を予測していたイギリス軍が、護衛を強化していたので、事なきを得たが、これ以後、イギリス側は不測の事態にそなえ、戦犯法廷と宿舎を日夜警備する態勢をとることになった。

シンガポールから来た弁護団のうち、他の三人はすぐ担当ケースが決まったが、小谷だけはいつまでも未定のまま、日がたち七月になった。

この間、小谷は戦犯部から憲兵隊ケースの公訴状と調書を借り、日夜、目を通した。かれ自身も当然ながら、このケースの弁護を引き受けることになる、と予期していたからである。

とは言え、訴状を読むのはつらく、小谷は何度となく身の毛のよだつ思いにかられ、書面から目をそむけた。いくら戦時下とはいえ、訴状に書かれていることは、とても人間がやる行為とは思われないほど残酷非道なことばかりである。全部が全部本当のこととは信じがたいが、もし一つでもこのような拷問と殺戮（さつりく）が真実であるなら、いくら同胞といえども、正々堂々と被告を弁護するのは、心情的にかなり苦しいものがある、と小谷は感じた。

憲兵隊ケースの弁護を担当している同僚は、朝早くから宿舎を出て、拷問や処刑がおこなわれた場所へ実地検証にでかけていた。そして夕刻、げっそりやつれた頬で帰ってくると、

「つらいなぁ」

とこぼし、残虐酸鼻をきわめる事柄の詳細を小谷に話すのだった。胸の内にひとりでしまっておくと、胸がつぶれそうで、やりきれなかったのである。

こうした毎日をくり返すうちに、弁護人の方もしだいに情熱を失い、使命感はうすれ、おざなりな弁護に終始するケースも出てきた。

それは小谷が七月にはいって最初に傍聴した裁判だった。

突然、被告人が弁護人をののしりはじめ、裁判長も検事もあっけにとられながら、通訳の言葉に聞き入っていた。裁判官の忌避ならときどきあるが、それが弁護人というのはまれなことである。

被告人の元軍曹はつぎのように息巻いた。

自分は上官の命令で、やむを得ず捕虜の虐待をした。しかし弁護人は自分がおかれていた立場を少しも理解しようとはせず、極刑が下って当然だという態度に終始している。証人を申請しても、弁護人のほうから却下してしまう有様で、こんなにやる気のない弁護人ならいない方がましだ。

「あんたなんか、日本へ帰れ！」

と被告人がすごい形相で弁護人を罵倒したところで、裁判長が「黙れ！」と、被告人を制止した。被告人は怒りに身体をふるわせ、弁護人は憮然とした顔でそっぽを向いている。だが、被告人の怒りの矛先はそもそも当該弁護士というよりも、戦争犯罪という不条理な罪を被告におしつけた日本の国家そのものに向けられていることは明々白々だった。戦勝国の軍人が敗戦国の軍人や軍属を裁くこの戦争裁判は、報復や復讐の刑罰を執行するための儀式と手続きにすぎない。このような実態があることを小谷は理解しはじめていた。

やるかたない思いで部屋にひきあげていると、イギリス軍戦犯部から呼び出しがあった。宿舎に配属されている弁護団世話役で日本語ができる若いホワイトホーン中尉に伴われ、海峡をわたり九龍のペニンシュラ・ホテルの戦犯部へ顔をだした。

「小谷さん、あなたは英国商船ビハール号事件（Behar Case）を御存知でしょうね」

と訴状係官が訊いてきた。

ビハール号事件は香港では野間ケースとならぶ大きな事件なので、小谷も一通りのことは知っている。日本では「利根事件」ともいわれていたが、日本国内では潜水艦事件同様、戦犯裁判関係者以外にはほとんど知られていない。しかし香港では、日本の重巡洋艦「利根」の艦上で、約六五名もの連合国の捕虜が残忍な方法で殺害されていたことが明らかになると、新聞が事件の概要を記事にし、センセーショナルな話題となっていた。

そこで小谷は、「報道記事レベルのことなら分かります」と応えた。

「それで結構です。引き受けてくれますか」

と係官は小谷の意向をたしかめた。

いきなり、大変な事件がまわってきて、小谷は頭が混乱した。

即答をひかえ、黙っていると、係官が説明した。

「被告は二人です。左近允尚正中将と黛治夫大佐。捕虜殺害の実行者ではなく、事件の責任者を裁くことが目的です」

「それでは、憲兵隊ケースと異なった裁判になりますね」

と、小谷は通訳のホワイトホーンを介して訊いた。

「その通りです。この大量殺人の責任者はだれなのか。明らかにしなければなりません。この裁判のねらいは、事件の責任を明確にすることです」

と係官は応えた。

そこで、日本海軍の中枢にいた戦隊の司令官と、それに艦長という高位高官の二人を被告にしようというのである。かれらを裁くということは、日本海軍そのものを裁くことにもなる。自分のような者が、このように大きな裁判の弁護人がつとまるものかどうか、小谷にはためらいがある。

かれは額に浮かぶ汗をぬぐい、相手の出方を待った。

係官はつづけた。

「黛大佐については、日本の第二復員局が、元日本海軍法務官の酒井雄介氏を弁護人として派遣することになっています」

「ああ、そうですか」

と小谷は応じながら、肩の重荷がすっととれる気がした。

気持ちが軽くなるのを感じながら、たしかめた。

「すると、左近允中将にも日本から弁護人が来るわけですね」

自分は日本から派遣される二人の弁護士の補助的な役割をやれ、ということらしい、と小谷は係官の依頼をかれなりに解釈した。

ところが、係官は青い瞳で小谷をみすえると、いった。

「いいですか、小谷さん。第二復員局から派遣される弁護人は、酒井氏だけです。それであなたには、左近允中将の弁護人をお願いしたい」

「左近允閣下の弁護人、この私が……」

思わず、小谷は敬称をつかい、あとは言葉がつまった。

係官はうなずくと、ふたりはともに昨年の十二月から、スタンレー刑務所に収監され、裁判の開始を待っている身だという。

「あなたに一日猶予を与えます。明日、提督にお会いになり、引き受けるかどうか決めて下さい。ただし、いま担当ケースのない弁護人はあなただけです」

と係官はだめ押し、さらに、
引き受けることになれば、生き残ったビハール号乗組員と乗客の宣誓口供書と二人の被告人の陳述書、それにこの事件に関する英国海軍と船舶保険会社の調査書類などが戦犯部にあるので、ただちに宿舎のほうへ届けるようにしたい。裁判は弁護人しだいで、いつでも始められる状態になっている、とつけたした。

大仕事である。

それだけにやりがいがあるが、相当な勉強が必要だった。

(左近允中将が小谷でよい、というのなら精一杯やってみよう)

一晩、寝苦しい夜をすごした小谷は早朝、ホワイトホーン中尉が運転する幌つきのジープでスタンレー刑務所へでかけた。道中、小雨がやむことなくふりそそぎ、楽しみにしていたビクトリア湾の景観はみることができなかった。

刑務所正門の大鉄扉をぬけ、白い建物の前の駐車場でジープをおり、玄関にはいると、廊下の左側に面会所があった。なかは大きなテーブルがひとつ置かれてあるだけで、パイプ椅子が等間隔にならべてある。

所定の手続きをすまし、二十分ぐらい待っただろうか。カービン銃をもつ衛兵に先導され、くたびれたうす茶の夏用の背広を着こなした初老の日本人があらわれた。衛兵は入口に立ち止まり、小谷に敬礼すると、廊下の奥へ消えた。日本人の方は一歩面会所にはいると、口元に微笑をうかべ、なつかしそうに目をほそめた。そして太い声で、

「左近允です。この度はかたじけない。お世話になります」

というと、英軍支給のベレー帽をとり、深々と頭をさげた。

肩幅がひろく、背丈は小谷よりも頭ひとつ高い。頬はおち頤(おとがい)がとがっていたが、血色はよく、健康そうである。四つ年上だが、年の差以上に大きくあたたかな人柄を小谷は感じた。

「お元気そうで、何よりです」

「大事にしてもらっていますから、快適です。香港の夏は蒸し暑くて大変です。小谷先生こそ、くれぐれも御自愛ください」

と左近允は小谷を「先生」と呼び、健康を気づかってくれた。左近允は迷うことなく、小谷を弁護人としてすでに受け入れていた。

小谷は所内の様子を聞いた。

当初、二〇〇人をこえていた日本人戦犯は、日ごとに数が減り、いまは四〇人ほどが所内で暮らしていた。左近允と黛がここへ収監されたころは、日本人戦犯にたいする待遇は陰湿で劣悪なものであった。

たとえば、一日に支給される水は水洗用の便器一杯分にかぎられていた。顔を洗い、歯をみがき、さらに飲み水に使用し、ぬらしたタオルで身体をふくと、一滴の水ものこらない。冬はまだしも、夏は文字通りの地獄であった。暑さと喉のかわき、それに悪臭で苦しむ日本人戦犯たちのすがたに刑務員は冷ややかな視線をおくり、微笑さえうかべていた。

待遇改善のため戦犯全員の血判書をつくり、それをイギリス軍戦犯部のマック元帥へ提出するようにしたのは左近允中将だった。血判書にそえて、左近允が書いた嘆願書が元帥のこころをうった、とこれはホワイトホーンから聞かされている。

この日、小谷は初対面のあいさつだけで、スタンレーを後にした。

帰りは雨がいっそうひどくなっていた。

晴れの日は風光明媚なリパルス湾も、雨にけむっている。

「引き受けるのですか」

小刻みに動くワイパーの先を見つめながら、ホワイトホーンが訊いた。

「中将のほうでよいといわれるなら、私が逃げだすわけにはいかんだろ」

「スタンレー通いがはじまりますね」

「いいドライブになればよいが」

「運転はまかせてください。梅雨がはれると、往復の景色が楽しめます」

「そうなることを願っているよ」

会ってみると、噂どおり、左近允はいかにも薩摩隼人らしい武人だった。

第二復員局はなぜ、この立派な提督に弁護人を派遣しようとしなかったのか。帰りの車のなかで、小谷はこのことにこだわりをつよく感じた。ホワイトホーンの意見を聞いてみたい気もしたが、腹のなかにしまい込んだ。これはイギリス軍戦犯部ではなく、明らかに日本側の問題だった。翌日から、小谷は英文の裁判関係書類と格闘する日々がはじまった。

あわせて日本海軍の戦時編制や命令系統、それに主な海戦記録など、手にはいるものはことごとく目をとおす。そして「サ」号作戦のあらましを頭にいれると、スタンレーへ出かけて何度も左近允と会い、終戦にいたるまでの話を聞いた。

「サ」号作戦終了後、第一六戦隊は軍需物資と陸兵の輸送以外は、リンガ泊地で訓練に明け暮れしていた。六月にビアク島の守備隊を増強する目的の「渾作戦」を実施したものの、連合国艦隊に阻止されて失敗に終わった。

また同じ六月、マリアナ沖海戦で大敗した日本は、中部太平洋海域をアメリカに制圧されてしまい、南西方面に展開していた日本の艦艇の多くはリンガ泊地に集結し、きたるべき決戦にそなえていた。

この当時、長男の正章大尉は高速駆逐艦「島風」の砲術長、そして一年前に兵学校を卒業した次男の尚敏中尉は重巡「熊野」の航海士であった。

昭和十九年十月十五日、中将に栄進した左近允は、戦隊旗艦「青葉」の後部マストに中将旗をへんぽんとひるがえらせながら、セレター軍港に帰ってきた。すると、数日前から入港していた「島風」と「熊野」から、司令官あてに電文がはいった。ふたりの息子とも示し合わせたように、父の昇任を祝いたいので、高級料亭「筑紫亭」に一席もうけた、ぜひ来てほしい、とある。

「こいつらうまいことといって、親にたかるつもりだ」

左近允は頬をゆるめ、目尻をさげた。

父子三人が一緒になるのは、実に七年ぶりのことである。

翌日、左近允は時計屋に立ち寄り、オメガを二つ仕入れると「筑紫亭」へゆき、「大事にしろ」とふたりにわたした。正章はすぐに左腕にはめ、「父上からのプレゼントは海兵をでたとき以来だ」と時計をなでてみせた。

杯をかわしながら、父子の話題はレイテのことに終始した。

フィリピン南部のモロタイ島を制圧したマッカーサー軍の大船団が、レイテ湾に近づいていた。その情報は大本営もつかんでおり、フィリピン防衛を目的とする「捷一号作戦」も発動が間近である。

アメリカ軍がレイテ島を手に入れれば、つぎはルソン島であり、フィリピンを失えば、南洋の戦線は分断され孤立してしまう。大本営はレイテ島をめぐる攻防に残された戦力をそそぎこむ構えである。

レイテ島を決戦場に決めた大本営は、「マレーの虎」と呼ばれ、国民的な英雄の山下奉文大将をフィリピンの防衛軍である第一四方面軍司令官に補した。山下司令官はマニラの港に積み上げられたままの軍需品と、増援兵士をレイテ島へ輸送することにした。この輸送作戦は「多号作戦」とよばれ、九次にわたって決行されたが、いずれもアメリカ軍の攻撃にさらされ、輸送路は「地獄の海」と称されるほどの惨状を呈することとなる。

「筑紫亭」でかわした祝いの杯は、父子の別れの杯でもあった。

「捷一号作戦」の主力である栗田艦隊に編入され、十月二十日にブルネイに進出した第一六戦隊は翌二十一日、栗田艦隊から除かれ、南西方面艦隊に復帰した。そしてマニラからレイテ島のオルモックへ、陸上増援部隊を輸送する任務につくため、「青葉」「鬼怒」「浦波」の順に一足早くブルネイを出港した。

ところが二十三日午前四時、もうすぐそこがマニラ湾だという海域で、「青葉」はアメリカ潜水艦ブリームの魚雷攻撃をうけ、右舷機械室が大破し、機関が停止した。動けなくなった「青葉」は、「鬼怒」に曳かれて、夜の十時にマニラ港にはいった。

旗艦を「鬼怒」に変更し、「浦波」と二艦だけになった第一六戦隊は二十四日午前六時半、マニラ港を出撃し、ミンダナオ島のカガヤンをめざした。途上、敵艦載機の数度にわたる攻撃にさらされ四〇数名の死傷者をだしたが、二十五日午後四時になんとかカガヤンの沖合に到着した。ただちに三四〇名の陸兵を乗せ、「鬼怒」は「浦波」とともに、レイテ島のオルモックをめざした。

「鬼怒」では缶詰の夕食がくばられたが、ほとんどだれも手をつけなかった。

海は昼間の戦闘がうそのように、漆黒の静寂におおわれている。

「当直員以外、総員、後甲板に集合せよ」

伝声管から艦内に伝達されると、戦闘服すがたの乗員が甲板に整列した。

かれらの目線の高さの台上に、棺がわりのハンモックにくるまれ、軍旗で包んだ一七名の戦友の遺体がならべられている。

左近允司令官は参謀たちを従え、遺体を投じる舷側へならんだ。

軍艦旗をゆるやかにおろして半旗にすると、艦長の川崎晴実大佐が左近允に黙礼し、遺体の前にあゆみより、一人ひとりに奮戦敢闘を讃(たた)えることばをおくった。

「敬礼！」の号令が甲板上をはしった。

信号員三名がラッパで「水漬(みづ)く屍(かばね)」を奏じ、水葬がはじまった。鉄のおもりをつけ、舷側にはこばれた遺体が、海へ落下すると、そのたびに夜光虫が青白い光の帯をつくった。

翌二十六日の午前三時、オルモックの海上に碇泊し、両艦はあわせて約七〇〇名の陸兵と物資を揚陸した。そしてすぐに錨をあげ、黎明のビザヤン海を西北へ進んでいると、敵哨戒機が高度三〇〇〇メートルくらいの上空を飛来し、何度か旋回をくりかえすと、朝陽に翼を光らせながら去っていった。

真っ青に晴れあがった空が、敵の戦闘機と艦上爆撃機の一群でうまったのは、午前十時二十分であった。一時間あまりの戦闘で、「浦波」に火柱があがり、黒煙が上空をおおった。

「浦波」が沈没したのは、午後十二時二十四分である。

左舷後部に直撃弾を何発もうけ、さらに雷撃機からの魚雷をくらった「鬼怒」は、午後二時すぎに航行不能となった。艦は大きく傾いたまま、海上に重油をはきだしながら左に回頭しつづけ、もはやどうすることもできない。敵機は「鬼怒」の沈没がちかいことを察知すると、上空から去った。

それから二時間後、火災はおさまったものの、艦の後部がぐっと沈下した。艦はどんどん傾斜をはやめていく。

「前部機械室、排水不能！」

と艦橋へ報告がはいった。

「雷と嵐がいっしょに来たようなものだ」

と参謀たちに檄をとばし、仁王立ちしていた左近允が、

「もう駄目だね」

と嶋内へ声をかけたのは、このときである。

川崎艦長は「総員退去」を命じるよう、副長へ伝えた。重油が燃え、火の海となった海面へ、乗員がつぎつぎと飛び込みはじめた。

艦長がせりあがった右舷舷側上部のハンドレールをこえ、海面へすべりおりてゆくのを見届けると、嶋内は、これで艦橋に残っているのは自分と司令官のふたりだけだ、と思い後をふりかえった。

ところが、左近允司令官の背後にかくれるように、コンパスにしがみついている士官がいた。桑島和夫というまだ若い主計中尉である。

「桑島！　なにをしている。早く退艦しろ」

嶋内は桑島をにらみつけた。

「自分は艦と運命を共にします！」

と桑島は叫び、支柱を両手でにぎりしめている左近允にすがりついた。

「バカ！　生意気をいうな」

と左近允は一喝し、桑島をふりほどくと、

「その根性は立派だ。しかし七生報国。わかったか」

と大声でいいふくめ、桑島を艦橋の外へ押し出した。

「嶋内、ゆくぞ」

つづいてふたりが出ると、右舷外板をすべり落ちてゆく桑島がみえた。

「あいつは、実は、泳げないのだ。頼むぞ」

と左近允は嶋内へ伝えると、いっしょに海へとびこんだ。

左近允は司令部員や乗員たちとともに、海に浮いているところを輸送隊に救助され、マニラの海軍病院へ収容される。

一方、多号作戦の第三次輸送は、輸送船五隻に陸兵二〇〇〇名と弾薬などを積み、十一月九日の昼すぎ、しのつく雨のなか、マニラを出港した。護衛は駆逐艦五隻と駆潜艇、それに掃海艇の計七隻で、航空機の護衛はわずか三〇機だった。

十一日の昼前、船団がオルモック湾に近づいたところ、一三隻の敵空母から発進した三四七機の攻撃機が猛然とおそいかかってきた。味方の護衛機は見る間に撃墜され、制空権をえた敵機は船団の艦艇をなぶりものにするように、つぎつぎと沈めていった。

輸送作戦の旗艦「島風」の砲戦指揮所で、正章大尉は指揮棒をふりかざしている間に機銃弾をうけて戦死、まもなく「島風」は沈没した。

これより先、航海士の尚敏中尉がのった第七戦隊の旗艦「熊野」は、栗田艦隊の第二部隊の一翼をにない十月二十四日朝、シブヤン海にはいった。行く先はレイテ島のタクロバンである。

栗田艦隊の動向を手に取るように察知していたアメリカ軍は、艦上機群が五波にわたり、述べ二五〇機以上でおそいかかり、おもに「武蔵」と「大和」にねらいを絞って攻撃した。このため「武蔵」は艦首が水面すれすれまで沈下し、ついに立ち止まり、艦隊からおいてきぼりにされた。「熊野」は、第四砲塔に爆弾を一発あびたが、さいわい不発で、損傷はなかった。

翌二十五日、栗田艦隊はサマール島沖で敵護衛空母部隊とふたたび砲火をまじえた。この戦いで、「熊野」は敵駆逐艦ジョンストンのはなった魚雷をうけ、艦首をふきとばされてしまった。「熊野」は近くのスコールのなかへ身を隠し、被害の拡大はまぬがれたが、戦闘能力はいちじるしく低下した。そこで白石万隆司令官は旗艦を「鈴谷」に変更した。司令部員は爆風がまきおこり、水柱があがる海上をカッターで移動し、艦尾の縄ばしごをつたって「鈴谷」へ乗り移った。

艦首をなくした「熊野」は艦隊からはなれ、単独でよろよろと航行し、何度も敵機の襲撃をうけながらも、二十八日の未明になんとかマニラ湾にはいった。

上陸した尚敏は、大破して在泊している「青葉」の乗員に父の安否をたずね、いま海軍の官舎にいるが、十一月一日にマニラから空路帰国することになっていることを知った。

父が帰国するというその日、「島風」が「熊野」の隣に投錨した。

晴れ渡った湾内の海をへだてて、兄弟はデッキで互いに向かい合った。肉眼では相手の顔がよく見えない。正章が手旗で、

「父上は、健在か」

とたずねてきた。

「今日、マニラから、元気で帰国する」

と尚敏は手旗で返信した。

それから尚敏は、双眼鏡で兄の顔をみた。

すると兄も同じように双眼鏡でこちらをみて、左手に戦闘帽をもち、ゆっくりとふった。手首に巻いた時計がそのつどきらきら光り、尚敏の目に焼きついた。

十一月四日の深夜、「熊野」と「青葉」は本格的な修理をするため呉に回航されることになり、マニラを出港した。平均速力九ノットで、ルソン島の西岸を何度も寄港しながら北上

し、まずは台湾の高雄をめざした。しかし十一月六日、サンタクルーズ湾をでて三時間後、アメリカ潜水艦の魚雷を右舷中部と前部にうけて大破、航行不能となった「熊野」は翌七日、油槽船に曳かれてサンタクルーズ湾へもどってきた。

それからおよそ半月後の十一月二十五日、「熊野」は早朝から度重なる敵機の波状攻撃をうけ午後三時十五分、サンタクルーズ湾にそのすがたを消した。水没する艦橋から海へぬけだした尚敏は、グラマンがしつように機銃掃射する海上をおよぎ、砂浜にたどりついた。

尚敏はその後、マニラからDC-3で台北に飛び一泊後、沖縄の小禄飛行場を経由して、十二月四日に福岡の雁ノ巣飛行場に帰着した。博多駅から列車に乗って呉へむかったが、車中では乗客がじろじろ尚敏たちをみた。気がつけば、尚敏をはじめ、「熊野」の士官たちだけがまだ夏服のままであった。

四

左近允中将は上海の支那方面艦隊司令部で終戦を迎えている。

昭和二十一年六月初旬、英国上海戦犯部の取り調べに応じ、左近允はビハール号の「捕虜処分」について、このときは自らの責任を認める陳述をしていた。

ある日、小谷がこのことを質すと、左近允はつぎのように応えた。

上海で訊問をうけるまで、私はビハール号の捕虜は全員バタビアに上陸したものと思いこんでいた。だから、戦犯に問われる、とは思ってもいなかった。上海戦犯部の訊問ではじめて、「利根」に残されていたインド人捕虜若干名が処刑された、と知らされて驚いた。さらに処刑は昭和十九年三月十八日の深夜、ジャワ海のバンカ泊地海域の洋上だった、と教えられた。このとき「利根」は第七戦隊に復帰するためシンガポールへむけて航行中だったが、そのことを忘れていたため、まだ「利根」は第一六戦隊に所属していたと思い込み、司令官たる私に責任があると判断した。

（それにしても、処刑者が若干名では余りにも少なすぎる——）

と小谷は不信にかられ、たしかめてみた。

「上海の英国戦犯部の調査の時点では、処刑された捕虜はインド人若干名ということだったのですか」

「そうです。若干名ということでした。しかしそれが数人であれ、なぜ処刑がおこなわれたのか、まったく不可解でした。それもバタビアを出港した日の真夜中の艦上です。驚きも手伝って、『利根』はシンガポールに入港するまで、私の指揮下にあった、とそのときは思っていたのです」

と左近允は説明した。

責任をみとめた左近允は、ただちに上海から巣鴨に送られている。

日本では、昭和二十年十二月二日、GHQが梨本宮守正王、広田弘毅、平沼騏一郎ら五九名を戦争犯罪人に指名、さらに四日後の六日には、近衛文麿、木戸幸一ら九名に逮捕命令をだした。また、昭和天皇と会見以後、天皇制を利用することで占領政策を円滑にすすめる方針だったマッカーサーは、昭和二十一年一月二十五日、アイゼンハワー陸軍参謀総長に天皇を訴追しないことを密かに報告した。

こうしたアメリカ側の方針を受け、国際検察局は天皇の不起訴を決定し、昭和二十一年五月三日、極東国際軍事裁判がはじまった。

この裁判の主席検事キーナンの「天皇を訴追しない」という声明を、左近允は巣鴨に収容された直後、所内の「日本タイムス」で読み、戦争には敗れたが日本の国は生き残った、という感慨がしみじみ胸をついた。

それから間もなく、「日本タイムス」にビハール号事件のことが載った。

記事の内容は上海戦犯部で耳にいれたことよりもずっと詳しい。左近允はこの記事で、「利根」は昭和十九年三月十六日に第一六戦隊を離れていたことを思い出し、処分された捕虜が約六五名だったことを知った。よくよくふりかえってみると、三月十六日は研究会があった日で、「サ」号作戦はこの日に終了した、という記憶はのこっていたが、作戦終了と同時に「利根」と「筑摩」が第一六戦隊から離脱した、という事実はすっかり忘れていたのである。作戦の司令官として、道義的責任はまぬがれないが、バタビアに入港してから後、捕虜の処分を命じたことはなかった。

香港でイギリス軍によって裁かれることを第二復員局から告げられていたが、この事件でだれが逮捕され、巣鴨に拘留されているのか、左近允には知らされていなかった。そこで復員局の戦犯部の調査官に巣鴨拘置所に来てもらい、このあたりのことを質すと、旧海軍上層部の判断で、第一六戦隊司令官と「利根」の艦長が命令責任、それに「利根」の衛兵司令に実行責任をとらせることに決したのだ、と告げられた。しかし、命令責任ということになると、「人的資源の殲滅」を目論んだ上層部の者たちにこそ責任がある。かれらを見逃しておいて、どうして責任裁判といえるだろうか。左近允は釈然としないまま、夏がすぎ、秋が深まっていった。この間、復員局の戦犯部からはだれも左近允に面会を求める者はなく、左近允は雑居房に拘留されたままだった。もちろん、香港裁判に対処するため官選弁護人をつけるという話もなかった。

左近允は香港に移送されるまでの、このような経緯を淡々と話した。

(これでは、まるで人身御供ではないか)

義憤を感じながら、小谷は捕虜処分について不可解なことを訊いた。

「バタビアで捕虜が全員上陸した、と思っていらしたのはなぜですか」

「収容先を確保したので、上陸させるよう『利根』に命じたからです」

「それは確かですか」

「ええ、間違いありません」

「文書か証人か、そのことを証明できるものはありますか」

「このへんの事情は、水雷参謀の小山田君がよく承知していたのだが……」

「小山田？　その方はいま、どこにお住まいですか」

「コレヒドールで玉砕しました」

「コレヒドール？　マッカーサーがもどってきたフィリピンの島ですね」

左近允はしずかにうなずいた。

「そうですか……、まことに惜しいことをしました」

裁判をはじめる前に、準備しなければならないことがたくさんでてきたが、主要な争点については二点あった。

一つは、捕虜の処分命令が海軍上層部から第一六戦隊に出されていた、という司令官の主張を裏付ける証言や証人の確保である。

これに関して、ビハール号事件の証人として英国香港戦犯部は、第一六戦隊先任参謀だった嶋内百千世と南西方面艦隊参謀長の多田武雄の二名を日本から呼びよせ、スタンレー要塞内のキャンプに身柄を拘束していた。

小谷は嶋内に、左近允の主張を裏付ける証言を期待した。嶋内こそ、司令官のもっとも身近にいた人物である。

もう一つは、バタビア港において左近允司令官は捕虜全員の上陸を命じた、ということだが、にもかかわらず、第一六戦隊をはなれた「利根」の黛艦長は、なぜ捕虜の処分を断行したのか。たぶんそこには、第一六戦隊の命令系統をこえた、また別の命令が「利根」に下されたのではないか。この推理を立証することはできないだろうか。もし立証できれば、この事件で裁かれるべき人物は、もっと他にでてくるはずであった。

そもそも責任裁判ということになれば、潜水艦事件と同じように、霞ヶ関の軍令部の中枢にいた者こそ、責任を問われなければならない、と小谷は思う。

巣鴨プリズン内で病死した永野修身の下には岡敬純がいる。岡もA級戦犯で巣鴨に囚われの身になっていると聞く。BC級裁判であるビハール号事件についても証言を求めたいが、果たして出来るものだろうか。

日がたち、小谷が裁判をめぐる状況を知れば知るほど、旧海軍関係者は黛の弁護の方に力をいれ、ことさら左近允に責任を押しつけようとしているように思われた。この裁判そのものに、すでにいびつな構造がある、と小谷は感じる。

イギリスと日本の関係者の間で、この裁判をめぐりすでに暗黙の了解がなされているのではないか。思いをめぐらせばめぐらすほど、左近允のおかれている立場がきわめて危ういものである気がしてくる。小谷は臓物をえぐられるような痛みを覚えはじめていた。

五

小谷から重要な証人と目された嶋内は、江田島で終戦を迎えている。

第一六戦隊は昭和十九年十一月に解散となり、嶋内は海軍兵学校の教官兼監事に補されていた。その後、嶋内は海軍省人事局に出仕し、東京で終戦後の復員業務に携わったあと、十二月に高知の野市の田舎に帰った。

年があけると、先祖伝来の田と畑を耕す毎日がはじまった。

家族そろって、平穏な暮らしをきずきはじめた昭和二十一年三月、村の刑事がＧＨＱからのよび出し状をもってきた。

戦犯関係者に指名された嶋内は満員列車にゆられ、皇居前の三菱ビルに出向いた。元連合艦隊司令長官で終戦時に軍令部総長だった豊田副武（とよだそえむ）が潜水艦事件などの戦犯容疑で逮捕され、巣鴨に収容されていた。嶋内はこのとき、豊田大将にかかわる事案について質問をうけたが、知っていることは何もなかった。

この一回のよび出しで済んだものと思っていたら、今度はビハール号事件に関して、第二復員局から上京するよう要請があった。結局、ビハール号事件では、この年三回も上京するはめになり、最後のよび出しがあった十二月下旬、嶋内は巣鴨に収監されていた左近允と黛が香港へ移送されたことを知らされた。

戦後二年目の昭和二十二年一月二十二日、第二復員局から電報がとどいた。

「戦犯証人トシテ香港ニ行クヨウ、ＧＨＱカラ指令ガアリマシタ。ツイテハ二十七日マデニ出頭サレタシ」

嶋内が復員局に出向くと、多田武雄元海軍次官との同行を告げられた。

指定されたホテルへゆくと、ロビーで多田が不安そうな面もちで待っていた。

翌日、進駐軍徴用列車に乗り、一日かけて岩国の航空基地へはいった。ここで、香港便をまち、二月七日にサンダーランド飛行艇で香港へ直行した。

香港では当初、嶋内も多田もスタンレー刑務所の独房にほおりこまれ、他の戦犯と同様の囚人あつかいであった。もちろん、証人としての待遇を与えられるようになったのは、四月にはいってからのことである。要塞内のキャンプに移され、左近允や黛と接することはできなかった。

キャンプでは、嶋内は同じ境遇におかれた多田と、しだいに親しく言葉をかわすようになった。

そんなある日、多田と連れだって海岸へ散策にでた嶋内は、レイテ島争奪をめぐるフィリピン沖海戦（捷一号作戦）こそ、日本の存亡をかけた重要な海戦であった、と自分の考えをもらした。

戦端をひらいたのは、海軍の真珠湾攻撃である。しからば、敗色濃厚であった昭和十九年十月、海軍はすべての戦力をかたむけてこの作戦にのぞみ、徹底的に戦ったすえに、終戦への道を開くべきではなかったか。

嶋内がこのようなことをいうと、当時軍務局長の要職にあった多田は立ちどまった。

「嶋内君、あの当時、もうだれも勝つと思ってはなかったよ」

多田はぽつんと言いはなつと、眼の前の海をながめた。

この青い海原の向こうに、ふたりが戦ったインド洋がある。

「なぜ無謀な作戦を、日吉台の豊田大将は下命されたのでしょうね」

制空権のない捷一号作戦は、敵航空機に思いのまま攻撃され、連合艦隊は壊滅状態においこまれている。

昭和二十年四月七日に成立した鈴木貫太郎内閣は、海軍大臣に米内光政、海軍次官に井上成美、そして軍務局長には多田武雄が留任し、終戦にむけた工作が本格化する。

「それはね、君……」

と、多田は一呼吸おき、嶋内の問いに応えた。

「結果論だが、暴走した日本は自滅しかなかった」

というと、つやのない額にかかる蓬髪をかきあげた。

「すると、特攻から原爆まで、必然だということですか？」

「そこまでの道のりを決して肯定はしない。しかし、原爆投下が天皇の御裁断を仰ぐことになったことは否定できない。もし本土決戦になっておれば、もっと多くの犠牲者を生み、民族は分断されていただろう。君はそう思わないかね」

と多田は賛意をもとめてきた。

多田のいうことは、責任を取ろうとしない者の勝手な方便である。しかし嶋内は反論を口にせず、多田の背について、小道を岡のほうへおれた。軍人墓地の十字架が樹間のむこうにみえる。坂道をのぼる多田は、参謀長のころよりもずっと肩がやせ、うすくなっていた。

それから二月ほど経った六月中旬だった。

キャンプに小谷弁護士があらわれ、嶋内は簡素な応接室で向かいあった。窓の外は朝から大粒の雨がふっている。

小谷は左近允の弁護人を引き受けるにいたったいきさつを話し、事件の概要がやっと頭にはいってきました、というと口元に笑みをうかべた。

それから、タオルで首筋の汗をふき、メモがびっしり書きこまれた大学ノートを机上にひろげた。

「参謀長だった多田さんも、ここでご一緒ですね」

「ええ、日本を発つときから、ずっとそうです。二復（第二復員局）から出頭要請をうけて、岩国を飛行艇で発つとき、まあ一週間で帰れるだろう、と多田次官も私もそんなつもりでしたが、それがこちらに来てもう四ヶ月ちかくになりました」

「それは誠にお気の毒なことです」

と小谷は律儀にてっぺんまで禿げ上がった頭をさげてみせた。

嶋内のことを左近允は、小柄だが気が大きく、大局を見通せる男だ、と評していた。実際に会ってみて、小谷はそれにくわえて人情味を感じた。

「ところでビハール号事件の証人は、いまのところお二人だけですか」

と小谷はたしかめた。

すると嶋内は先月の下旬、この事件を担当するイギリスの若い検事が来て、「利根」側の証人を何人か、日本から呼び寄せることにした、と話したことを小谷に伝えた。

「その若い検事というのは、ひょっとしてメジャー・クロスじゃありませんか。鼻の下にカイゼル髭がある……」

「ええ、クロス検事です。なかなか気の強い男ですよ」

小谷は、ホワイトホーンからビハール号事件担当検事がクロス少佐になったことを聞いていた。手ごわい相手になりそうである。

「クロス検事がよびよせるという証人の名前、わかりませんか?」

「手帳にメモしています。いいましょうか」

嶋内は手帳をひろげ、小谷は大学ノートに書きとめた。

副長の三井淳資中佐、砲術長の谷鉄男少佐、主計長の永井邦夫大尉、通信長の野田宏大尉、分隊士の大塚淳少尉、それと航海長の阿部浩一少佐の六名である。

全員が「利根」の乗員で黛艦長直属の部下だった士官たちである。クロス検事の意図が小谷には手に取るようにわかる。

「この六人、みんな『利根』の乗員ですわな」

と小谷は顔をノートからあげた。

嶋内は手帳をしまうと、つづけた。

「クロス検事がいうのには、もともとビハール号事件で、二復は左近允司令官と黛艦長の他にもう一人、香港戦犯部へ差し出す予定だったそうです」

「ほう、それは初耳です」

小谷は腰をうかし、椅子にすわりなおした。

「捕虜処分の現場の指揮者は、高射長だった石原孝徳（いしはらたかのり）という大尉でした。二復はGHQへ石原大尉の名前も告げた。ところが事前に情報を知った石原は、行方をくらましたまま、現在まで所在がまったくつかめないそうです」

潜水艦事件でも、逃亡者が多くいる。理不尽な思いにかられ、地下にもぐったとしても、だれがそのことを責めることができるだろうか。

小谷は声をおとして、いった。

「結局、戦犯部は石原大尉をあきらめ、司令官と艦長を裁くことにした」

「まあ、そういうことでしょう」

と、嶋内は何度もうなずいてみせた。

旧海軍の立場からいえば、この二人を差し出し、これでこの事件はもう勘弁してもらいたい、というところなのであろう。それもクロス検事の動きをみていると、裁きの標的はあきらかに司令官だった左近允に絞られているようだった。

クロスは意図的に手の内をみせ、嶋内を取りこもうとしているように思える。

しかし「利根」の関係者ならいざしらず、第一六戦隊の参謀だった嶋内が、上官の左近允を追いこむような証言をすることはあるまい、と小谷は感じた。海軍上層部から高須、多田、そして嶋内や小山田をとおして、あるいはきっと直接的にも、第一六戦隊に捕虜処分の命令がなされており、そのことを嶋内は法廷で証言してくれるはずである。裁判がちかづけば、この重要な証言について、綿密に嶋内と打ち合わせることになるかもしれない。実直そうな嶋内の顔をながめながら、このとき、小谷はこのようなつもりでいた。

六

それから一週間後、小谷は綿密な用意をして、黛に面会をもとめた。

背丈は小谷とかわらないが、黛は骨格がふとく、よく筋肉がつき、みるからに頑健な体格である。濃い眉毛とダルマのように大きく見開かれた目は、つよい意志力を感じさせる。

「ライオン艦長」というあだ名は、よくつけたものだ、と小谷は本人を目の前にし、ひとり合点した。とはいえ、異国の地に拘禁されて半年がすぎていた。

思うままにならない生活と裁判への不安からか。黛の表情はさすがに重く、言葉は少なかった。

「サ」号作戦が終了して、第七戦隊に復帰した「利根」は、フィリピン沖海戦に第一遊撃部隊の一翼をになって参戦している。この海戦では、「利根」は艦隊から脱落した「武蔵」の掩護（えんご）にまわったが、「武蔵」が沈没する一時間前に救援を他の駆逐艦にまかせて、艦隊に復帰した。栗田艦隊がレイテ湾突入を断念し、反転をはじめた直後、「利根」は急降下爆撃機におそわれ、右舷後部を被弾し大破した。この海戦で「利根」は一九名の死傷者をだしたが、沈没はまぬがれ出撃地のブルネイに帰ってきた。

その後、「利根」は修理のため母港の舞鶴へ回航され、十一月中旬に舞鶴工廠のドックへはいった。また黛は負傷した太もものの手当てのため、舞鶴海軍病院へ入院した。

翌年一月初旬に退院した黛は、海軍化学兵器戦部と軍令部の部員をかねて、目黒の化兵戦部の事務所に勤務し、そしてこの事務所で終戦をむかえた。

「そりゃもう、バカな戦をしたわな」

と唾棄（だき）するかのようにいうと、黛は口元を「への字」にむすぶ。

日本の艦隊は実力を半分もださないうち、アメリカの航空艦隊にやられ、滅亡してしまった。それは実戦をしらない山本五十六大将がやたら航空兵力を重視する用兵思想にとらわれ、国力をかえりみない作戦を展開したためだ、と黛はいうのである。

これだけでも大罪だが、山本五十六は真珠湾奇襲もミッドウェー海戦のときも、身を清めて勝利を祈願するのが大将としての責務であろうに、戦地にもゆかず、内地で愛人とぬくぬくすごしていた。これが連合艦隊の司令長官である。およそ不真面目でけしからん。と黛は容赦なく山本五十六を批判した。

小谷はそのような戦略論や個人攻撃に関心はない。

一通り耳をかたむけると、話の矛先を転じた。

「ところで大佐、戦後、多田武雄次官にお会いになりませんでしたか」

「そりゃ、あんた、まっさきに会いましたよ」

と、黛はひざをたたいた。

「海軍省へ出向かれたのですか」

「ええ、そうです。ポツダム宣言を受託したのだから、当然わしはビハール号のことで戦争犯罪人として裁かれることになる。それで、処分命令をだしたのは多田次官、あんたじゃないか、どうしてくれるのだ、と次官につめよった」

思い出すのか、黛は腹に据えかねたような顔をした。

黛によれば、それは終戦からまだまもない日のことだった。

事件のことは明るみになっていなかったが、生存者がいる。必ずイギリス軍はこの事件の全容をつかみ、関係者の逮捕に乗り出す。黛としては手をこまねいて逮捕を待つ前に、少しでも嫌疑を晴らしておきたかった。

黛につめよられ、多田次官はひどく困惑していたが、押しても引いても明確なことは一言もいわなかった。処分命令のことも、記憶にない、とくりかえすだけで決して認めようとはしなかった。黛はそのときの苦々しい思いがよみがえるのか、眉間にしわをよせ、乱暴な口調になった。

「『サ』号作戦のすべては高須四郎長官の発案で計画され、実行に移された。そのことだけは、ここでお互い、しっかり認識しておきたい。と、まあたしかなことを次官が口にしたのはこれだけだ。高須長官は病死されたから、高須長官に責任を押しつけておけば、みんな都合がいいわな」

「なるほど、それでどうなりましたか」

と小谷は話の先をうながした。黛は昭和二十一年三月にイギリス軍に逮捕されるまでのいきさつをつぎのように話した。

昭和二十一年一月下旬、横浜の自宅にいたところ、第二復員省（昭和二十一年六月十五日以降は復員庁第二復員局）の戦犯調査部からよび出しがあった。

復員省へゆくと、ビハール号事件について、あれこれ質問された。

このままだと責任をとらされ、極刑になるおそれがある、と黛はいよいよ危機感をつよめた。ところがさいわいなことに、復員省にいた横須賀砲術学校時代の教え子が、予審を復員省でやってもらえば、責任をすべてかぶることはなくなるだろうから、ぜひ予審をうけたらよい、と入れ知恵をしてくれた。くわしいことは島田元法務中将にたずねればよい、という。

島田にあった。すると法務中将は、

「あんたは予備役だから予審をうけることができん。人事局長に頼んで、召集してもらえ」

と助言してくれたものの、

「黛君、ビハール号事件はすでに海軍省内の話し合いで対応が決定している。一六戦隊司令官と『利根』艦長、それに『利根』の衛兵司令の三人が責任を負ってもらうことになっている」

と旧海軍上層部の方針を明かした。

そこに多田次官の名前はなかった。

自分たちで命令しておきながら、責任だけは下の者におしつけるやりかたに黛は憤りを覚えて抗議した。すると、連合艦隊司令部、軍令部、それに海軍省の首脳に戦犯事件の責任がおよべば、それはやがて天皇にまで累がおよぶおそれがあるから、やむをえないのだ、と島田は弁解した。

　黛は憤懣やるかたない思いで、海兵同期の川井巌人事局長にあった。予審をひらいてもらいたいから、召集して欲しい、と頭をさげた。

　ところが、川井局長は目をむき、

「あんたら三人の死刑は決まっている。いまさら予審をひらいても無駄だ。そんなめんどうなことはできん」

　と黛の申し出をつっぱねたのである。

「まあ、いろいろあったが、まったく腹のたつことばかりだった」

　と黛は口をむすんだ。

「ご苦労されたようですが、それでも大佐の予審はひらかれましたね」

　と小谷はせまってみた。

　黛は拒絶されたように話したが、予審はひらかれていた。

　復員省でおこなわれた黛の陳述書の写しを、小谷は香港戦犯部で手に入れている。予備役だった黛は、復員省へなんらかの圧力をかけ、第二復員省出仕、大臣官房臨時調査部勤務の肩書きを手に入れ、予審を実現させていた。復員省の脛に傷をもつ実力者と黛のあいだで、予審をひらくにあたって、なんらかの取引があったにちがいなかった。

「予審はありました。それは先生もご存知のようだから、否定はしません。ただもうこれ以上は話せませんな。香港でべらべらしゃべっちゃならん、といわれていますから、これ以上のことは勘弁してください」

と黛は手を大きくふった。

口止めをしたのは、多田次官か酒井弁護士だろう、と小谷は推察したが、そのことの深追いはせず、石原大尉の消息を聞いてみた。

「あとひとつだけ教えて下さい。結局、中将の左近允さんと大佐の黛さんのふたりが裁判をうけることになりましたが、石原大尉はどうしましたか」

「ああ、それなら、石原君はわしが予審をうける前に、逃亡した」

嶋内から聞いたとおりである。

「逃亡する前に、お会いになったこと、ありますね？」

「うん、そりゃ何度もある。こんなアホな裁判をうけるつもりはない、と石原はわしにこぼしとったな。それで、逮捕される前にすがたを隠してしまったということだ」

「石原さんに、あなたは予審をすすめなかったのですか」

と小谷がつっこむと、黛はムッとした顔でいった。

「石原君は逃げたほうがよい、と判断したのだ」

「居場所をご存知じゃないですか」

「知らんな……」

黛は小谷から目をそらし、失礼する、と断わると立ち上がった。

この夜、宿舎の弁護人事務室で、小谷は黛大佐の予審の陳述書にもう一度目をとおした。

左近允司令官の「処分命令」を実行したが、クリスチャンでアメリカに留学経験のある黛は、国際法も知悉しており、捕虜を殺害する意図はまったくなかった、という趣旨である。

そして、

「私の記憶によれば、船内に残り、命令により、三月十八日夜、処分されしものは、英国人二五名、インド人一一名、支那人二名だった」と、処分人数は半分ほどになっていた。また、もし艦長の黛が捕虜を殺害する意図がすこしでもあれば、いともたやすく実行できたであろうとし、そのような場合として以下の八点をあげていた。

一、ビハール号を撃沈したとき、戦隊作戦命令に従い、士官三、四人を救助し、他は溺れるにまかせておけば大いに簡単であった。

二、軍事上の秘密を保つという見地から、なるべく多くの捕虜を殺すことが目的だったとすれば、われわれは船長と士官をのぞき、救助艇をすべて沈めたであろう。泳いでいる者には爆雷をなげこむか、軍艦の推進機にまきこめば殺害は簡単だった。

三、三月九日午後に予備的尋問をすべて終わり、価値ある情報が得られない捕虜がたくさんいた。このとき、第一六戦隊参謀から「捕虜は速やかに処分せよ」と命令がきた。捕虜処分はこのとき容易に実行できた。

四、三月十日に戦隊司令官から処分命令をうけた。私の立場にあれば、他の士官ならだれでも命令を実行したであろう。しかし私は人道に反するので実行しなかった。

五、スンダ海峡に向かって北上中、セイロンに基地をおく敵から襲撃されるおそれはおおいにあった。この場合、船内に捕虜を収容しておくことは大いに不利益だった。処分の動機はあったが実行しなかった。

六、捕虜に配当すべき糧食や飲料水は乏しかった。とくに飲料水の不足は深刻であった。これは捕虜を殺害するための正当な理由に十分なった。しかし、このような困難をこえ、捕虜を連れて帰ることにした。

七、三井副長が命令は実行されねばならない、と部下の意見をとりまとめて私に報告にきたとき、処分を実行できたが、私はしなかった。

八、バタビアを出港して広い海にでると、すぐに処分を実行する方が敵潜水艦からの危険がすくない。しかし私はできるだけのばした。すなわちバンカ海峡に入るまで、処分を可能なかぎりのばしたのである。

小谷はやりきれない思いにかられ、事務机からはなれると、窓辺に立った。潮の匂いをふくんだ生暖かな夜風が、開いた窓からはいってきて、小谷のほてった頬をなでた。

第五章――裁判

一

「コート！」

第五戦犯法廷執行官の甲高い声が法廷内にひびきわたった。

昭和二十二年九月十九日午前十時、いよいよビハール・ケースの裁判がはじまった。いっぱいになった傍聴人席のざわめきがやみ、全員が起立して三人の裁判官をむかえる。

正面にむかって右陪席にバターフィールド陸軍少佐、左陪席はスミス海軍少佐、そして真ん中の裁判長席にバリスター・ラミング陸軍中佐が腰をおろすと、法廷内はおごそかな、それでいてどこか親しみもある雰囲気になった。

裁判長、両陪席判事、それからむかって右下の通訳席のふたりの日本人通訳、速記者の順番にバイブルに手をのせ、神への宣誓をおこなった。つづいて、左下の席の左近允尚正被告と黛治夫被告が一人ずつ証言台によばれ、型どおりの人定訊問が裁判長によっておこなわれた。両被告ともに、夏用のブレザーに開襟シャツすがたで、落ち着いた表情である。

人定尋問がすむと、やおら小谷のとなりの席のクロス検事が立ち上がった。

正面の裁判長へ一礼すると、クロスは起訴状の朗読をはじめた。

すでに報道されている事件の概要と同様のことをクロスは述べた。

そして、およそ六五名の捕虜の殺害を左近允司令官が命令したため、黛艦長は一九四四年（昭和十九年）三月十八日、東京時間のおよそ十七時に石原孝徳衛兵司令にたいして捕虜処刑の具体的方法を指示し、二十二時には「利根」の飛行甲板へゆき、石原に処刑の開始をつげ実行させた、という起訴理由を明らかにした。

起訴状朗読がすむと、罪状認否になった。

裁判長が起訴事実を認めるかどうか、ふたりの被告に尋ねた。

「ノット・ギルティ！」

左近允も黛も背筋をのばし、共に罪を否定した。

つぎに、裁判長は小谷と酒井のふたりの弁護人に対し、このまま審理をつづけてよいかどうか、たしかめた。

裁判の開始が予定よりもおくれ、その分、共に十分な用意はできていた。

小谷の場合は、弁護人側証人として申請した、山森亀之助「青葉」艦長、川崎晴実「鬼怒」艦長、杉江一三南西方面艦隊参謀、それに堤清第一六戦隊司令部通信参謀の四人は九月二日に、香港へ到着していた。小谷はかれらになんどもあって話を訊いている。なかでも、堤は戦隊司令部の通信記録のあらましをメモ書きした日記を所持しており、捕虜処分の責任の所在にせまる証言が期待できた。

またこの四人の口述とは別に、小谷は多田から左近允宛にだされた三通の重要な手紙を入手していた。いずれも旧海軍側上層部の意向にそった方向で審理がすすめられるように、左近允へ圧力をかけたものである。小谷はこれらの手紙こそ、事件の真相を明らかにし、左近允を極刑から救い出す決め手になる証拠だと確信していた。いつ証拠申請をするか。小谷の腕のみせどころである。

一方、クロス検事が申請した六人の証人のうち五人は七月下旬に酒井弁護人と一緒に香港にはいり、スタンレーのキャンプで嶋内や多田と合流していた。もっともこのうち「利根」の阿部浩一航海長は、進駐軍徴用列車で呉へむかっている途中、行方がわからなくなり、香港にすがたをみせていない。

いずれにしろ、公判開始までにたっぷり時間はあった。

ふたりの弁護人は、

「ノー・オブジェクション（異議なし）」

とこたえ、予定どおり審理が続行された。

クロス検事はカイゼル髭を念入りになで、立ち上がると、冒頭陳述をはじめた。

通訳の言葉に耳をかたむけていた小谷は、クロスの陳述内容が香港戦犯部の調査をもとに、嶋内と多田、それに「利根」の乗員たちの証言にもとづいて構成されていることを知った。冒頭陳述は午前中、「サ」号作戦の目的を明らかにすることに費やされた。

午後になると、陳述はビハール号撃沈と捕虜救助の場面へとつづいた。

黛艦長は左近允司令官が発した捕虜処分命令を守らず、バタビアへ捕虜をつれて帰るものの、艦隊司令部は捕虜の受け取りを拒絶したため、二人の婦人をふくむ一五人と、それに約三〇人のインド人だけが上陸を許可され、残りの捕虜はシンガポールへむかう船のなかに閉じ込められた。クロスの陳述によれば、

「艦内に残っている捕虜を処分せよ」

という左近允の命令を黛が実行に移したのは、「利根」がバンカ海峡にはいる少し手前のことであった。クロスは「利根」艦上での冷酷な殺人について、つぎのよう詳述した。

三月十八日の午後、艦長室に集められたのは、三井副長と石原高射長、森本拿捕回航班指揮官、谷砲術長の四人と、工作科、電気科、通信科の士官、それに柔道、剣道、銃剣術の部員を担当する士官のあわせて一〇人だった。

このとき石原は三井と谷の助言で、処分の原案を作成していた。出席者はこの原案をもとに、それぞれの役割と留意すべきことなどを話し合った。

「海に捨てると、ガスがたまり、死体が浮き上がる」

このことが、一番の気ががりだった。

銃剣道の達人の士官が渋い顔で、

「頸をはねたあと、腹部に数ヵ所、銃剣で孔をあける方法がいいと思いますが」

と提案し、これを剣道部員が交替でおこなうことにした。

また、血糊がつき、刃こぼれが生じ、何人も斬首はできない。

そこで、処刑を担当する腕利きの剣道部員を二〇名ほど集め、交替で殺害することにした。

工作科は飛行甲板中央と右舷のなかほどに木製の処刑台を設置し、さらに右舷の舷側から海側へ大きくせりだすようにして、ガスをぬくための死体安置所をつくった。電気科は捕虜を甲板によびだすハッチの出口へむけて、強烈な光りを照射する設備と、相互に連絡をとりあうための懐中電灯を用意した。そして捕虜が収容されている兵員室から、処刑台のすぐよこに立つ指揮官までの連絡は通信科が担当することになった。

この夜、空はまだらに曇り、星明かりと月が甲板を照らしていた。

「利根」は速力を六ノットにおとし、之字運動をしながら北上していた。

白木の処刑台から五メートルほど離れた位置に、剣道と柔道に練達した下士官兵が三〇名ほど整列し、石原高射長の第一声を待った。

捕虜がつれだされる反対側の左舷のハッチには、見学をゆるされた者がことのなりゆきを、息をつめ、見守っていた。このなかには、ビハール号の発見者の大蔵茂雄二等兵曹もいた。

雲がとぎれ中空の月が、飛行甲板に白光をふりそそいだ。海は艦をいだき、遠い闇のなかへその海原をかくしていた。

深夜の十二時だった。

「処分、開始！」

石原の硬い声が甲板にひびきわたった。

赤や青のフィルターをつけた懐中電灯が右に左にふられた。右舷ハッチ出口のところに柔道部員が四人待機した。処刑台へ三人があゆみ寄り、軍刀をもったほうの兵士が、刀をふりおろす際の足もとをたしかめた。ガスぬき台のほうには、骸（むくろ）の運搬役もかねてすでに数人の兵士がひかえている。

ハッチのほうで足音がしたのと同時だった。

探照灯の強烈なライトがハッチの出口にみちびかれてきた捕虜に照射された。

最初にあらわれたのは茶色い髪の白人だった。まぶしさで捕虜が両手を目のまえにかざした瞬間、横からとびだした柔道部員が腹に当て身をいれた。くずれおち、両腕と両脚をかかえられた捕虜は、気絶したまま処刑台へはこばれ、台上でカツをいれられた。息をふきかえした捕虜をあぐら座にし、頸が前方へつきでるように、背後から二人の剣道部員が両腕をとった。そして、正気をとりもどした捕虜が「オー、ノー」と声を発したとき、軍刀が白銀の弧をえがいていた。

このようにして、およそ六五名の処刑が粛々とおこなわれた。

甲板をそめた血糊を洗い流し、飛行甲板がもとの状態に復元されたのは午前三時すぎである。

交替で指揮官をつとめた石原と谷、それに森本が艦橋へ報告にいった。黛はすっかり黒ずんだ目のふちを三人のほうへ向け、海をみつめながら、まんじりともしなかったのであろう。

「苦労をかけたな」

というとすこし頭をさげた。

クロス検事のまるで絵に描いたようにたくみな朗読のあいだ、法廷内は静まりかえっていた。朗読の効果をたしかめるかのように、クロスは法廷内をみまわし、なんども得意そうに咳払いをした。

ラミング裁判長は満足そうに深くうなずくと、公判初日の閉廷をつげた。

二十日の土曜日は、午前中の二時間だけ、昨日にひきつづきクロス検事の供述調書朗読があった。最初に、ビハール号の乗客だったグリーン大佐とニュージーランド陸軍のゴッドウィン大尉、それにサイモンズ船長の口供書が読み上げられた。つづいて、乗客のカーショウ氏と同じく豪州陸軍のパーカー大尉の宣誓供述書も朗読されたが、これらの五人はいずれもバタビアで最初に上陸を許可された生存者たちである。

かれらはビハール号が撃沈され、バタビアの捕虜収容所へ収容されるまでのことを供述していたが、これまでのクロスの朗読と事実関係において大きく異なるところはなかった。共通していたことは、「利根」の艦内も陸の収容所もひどい待遇であったということだった。

これでクロスの検察調書の朗読は終了した。

裁判長が次は明後日の月曜日に開廷し、嶋内百千世第一六戦隊先任参謀の証言を求める、といいわたし、公判の二日目がおわった。

二

二十二日からはじまった嶋内先任参謀の証言は、予想していたとはいえ、小谷を失望させる内容となった。嶋内はおよそ次のように述べた。

昭和十九年二月二十五日にペナンで作戦命令書を受理した嶋内は、「青葉」に帰って、命令書の内容をすべて左近允司令官に報告した。

三月九日、ビハール号が撃沈されたとき、黛艦長はビハール号が作戦海域よりもあまりにも遠くにいたため、バタビアに船をつれて帰ることができないので撃沈した、と報告してきた。司令官はこれにたいして、必要最小限度の捕虜を確保し、残りは殺害するようにとの信号を「利根」に送った。この信号で使用された「disposal of」の表現は、捕虜を「処刑せよ」の意味だと嶋内は理解した。黛艦長は、捕虜は有用なことに使うべきだ、という意見を信号で表明していたことを嶋内は知っていた。

バタビアに帰港後、黛艦長は「青葉」で司令官に会い、捕虜処分の命令を実行しなかったことを伝えた。

翌日、「青葉」内で研究会がひらかれた。この席上、黛艦長は左近允司令官から、一五名をのぞくすべての捕虜を殺害せよ、と命令されたのを嶋内は記憶している。その後、不幸な人々がバタビアの外海で殺害されたことを知り、黛艦長が命令を実行したのだと嶋内は思った。処刑を報せる電文は、十九日の早朝に第一六戦隊司令部に発せられ、「青葉」においても処刑の事実を確認した。

嶋内の証言がおわると、すぐにクロス検事が尋問にたった。

「黛大佐は捕虜の処刑には終始反対だったのか」

「もともと作戦会議の席でもそうでした。捕虜を獲得してからも処分にはずっと反対しておりました」

と嶋内が証言すると、クロスはたたみかけた。

「黛大佐は、司令官の命令に反し、処分の変更を懇願する権利があったのではないか。なぜ、そうしなかったのか」

「将校の場合、命令に反対することは出来る。しかしそれはあくまで意見を表明するという意味であって、命令に反してもよいということではないし、日本海軍では通常、そのようなことをすることは決してない」

と嶋内はこたえた。

クロスは満足そうにカイゼル髭をなで、勝ち誇ったような目を小谷にむけた。

この日の審理は午前中でうち切られた。

小谷は夜遅くホワイトホーンが届けてくれた、嶋内の証言の速記録をつぶさに読み、反対尋問にそなえた。嶋内の証言は、左近允から聴取した事実と肝心なところで異なることが多多あった。多田次官だけでなく、クロス検事からも嶋内は相当の圧力をかけられていることは明白だった。今日のクロスと嶋内のやりとりは事前に仕組まれたものにすぎない、と小谷は判断した。

二十三日の審理は午後二時からだった。

小谷は通訳席のとなりに座った嶋内にたいして反対尋問をはじめた。

「昭和十九年一月二十日、セレター軍港に停泊していた『足柄』の士官室に南西方面艦隊の各司令官や艦長、それに参謀が集まった席上で、高須四郎長官から『サ』号作戦が発令されますが、あなたは当然、この場に出席していましたね」

「はい。左近允司令官の側にひかえておりました」

嶋内はちらっと被告席に視線をはしらせた。

左近允は瞑想するかのように瞼をとじ、黛は裁判長を仰ぎ見ていた。

通訳による英語への翻訳がすむと、小谷はかさねて訊いた。

「その他には、どのような方が出席していましたか」

嶋内はちょっと思案するようであったが、指をおるようにし、全員は覚えておりませんが、と断わると、多田、杉江、川崎、柴、田中、……と二〇人の名前と官職名をすらすらとあげた。「利根」はこの会議の後、作戦に参加することになるので、黛の名前はこのなかにはなかった。

「よく記憶されていますね。あなたは南西方面艦隊のなかでも海軍大学出の俊才参謀という評判だったと承(うけたまわ)っておりますが、その記憶力には頭がさがります」

と小谷はまず証人を褒(ほ)め、つづいて「サ」号作戦の内容について嶋内にくわしく確認した。その上で、「捕虜ハ努メテコレヲ獲得スルモノトス」という当初の作戦が、「処分」へと変更されてゆく経緯を明らかにしようと試みた。

「一月二十四日、戦隊がバタビアにいるとき、あなたは左近允司令官からペナンの艦隊司令部へゆくように命令されますね」

「はい。作戦命令をうけとることが目的でした。水上偵察機で出発し、二十五日の昼すぎに司令部へつきました」

嶋内は高須長官、多田参謀長、そして杉江参謀に会い、作戦のことについて、具体的な指示を仰いだことをのべた。とくに、多田からは拿捕回航班の編制と事前の訓練項目につき、懇切丁寧な指示があった。嶋内がその委細をのべていると、

「詳しい説明はいりません。証人は私の質問にだけこたえてください」

と小谷は供述を制し、

「ペナンへゆくとき、あなたは左近允司令官から、捕虜の取り扱いについて、多田参謀長に具体的な指示を仰ぐよう、命じられましたね」

と嶋内をただした。

嶋内はごくんと唾をのみこむと、こたえた。

「そのような記憶はありません」

「それでは、多田参謀長から捕虜のことで、なにか指示や命令をうけたことはありませんか」

「覚えておりません」

「覚えてない、というのは、指示や命令があったが、いまここでは思い出せないということですか」

「あったか、なかったか、ということでいえば、なかったと思います」

「それは、つまりはっきりしない、ということですか」

小谷が問いつめると、通訳のほうへ耳をかたむけていたクロスがさっと手をあげ、「オブジェクション！」と鋭く叫んだ。

誘導尋問だという抗議である。ラミング裁判長はこれを認めた。

小谷は尋問をつづけた。

「それでは、捕虜の取り扱いについての指示は、杉江参謀からあなたに直接なされたわけですね」

嶋内はうつむき、考えていたが、顔をあげ小谷をみた。

「どういうことか、質問の意味がわかりません」

「それはおかしいですよ。あなたはペナンから帰ると、多田参謀長から『重要な情報がとれる数名の捕虜以外は、すべて処分せよ』という口達の命令があったことを左近允司令官に伝達しています。司令官はあなたの報告にたいして、二十八日の作戦会議では、この『処分せよ』という口達命令を謄写版に印刷して出席者に配り、参謀長の命令が遺漏なく徹底するようあなたに指示しています。いいですか。思い出してください。あなたは作戦会議において活字になった口達命令を出席者全員にくばり、あとで回収した。そうではありませんか」

証言席のすぐ上の天井に吊られた扇風機の大きな羽根が、くるくる音もなく回っている。裁判官も傍聴人も、通訳者のぎこちない英語にじっと耳をかたむけている。嶋内はその間、額や顔の汗をしきりにふいていた。

翻訳がおわると、嶋内ははっきりした口調でいった。

「小谷弁護人がいう口達命令を私が多田参謀長や杉江参謀から下命されたという記憶はありません。しかし二十八日の作戦会議で、敵商船を撃沈した場合、救助した捕虜の処分をめぐって話し合いがあり、処分するかどうか、決定は司令官がおこなう、ということになった。このとき、黛艦長が処分に異議をとなえたのを覚えております。しかし、司令官の命令は絶対的なものですから、他の出席者はこのことについては何も発言がなかった、と思います」

「すると、あなたの供述では、捕虜処分の命令は艦隊司令部からではなく、戦隊司令官である左近允中将の独断である、ということになりますね。そのように受け止めてよろしいですか」

と小谷は嶋内の人間性にゆさぶりをかけた。嶋内自身、自分の証言がかつての上官をおいこむことは望んでいないはずである。

嶋内は声をつよめ、いった。

「決定は司令官がする、と作戦会議で左近允中将がいわれたのは確かですが、それは処分せよ、といったわけではありません。私は司令部でお仕えするようになってから今日まで、左近允中将を尊敬申し上げており、中将は人道に反するような命令を下す方ではありません」

小谷はたたみかけた。

「中将が処分命令を出してはいない、ということであれば、処分命令はやはり艦隊司令部から出されていた、と理解するのが自然でしょう。それともあなたはもっと上層部から命令があった、といいたいのですか。本当のところを教えてください」

「私は自分の記憶にそくして、先任参謀としての立場から知り得た事実だけを申しあげています。それ以上のことはわかりません」

と嶋内は小谷の追及をかわした。

小谷はこのあと、バンカ泊地での作戦会議で話し合われたことについて嶋内に証言をもとめたが、左近允に有利な証言をみちびきだすことができずに、この日の審理はおわった。

三

翌二十四日は午前十時から開廷され、嶋内の証言と弁護人の反対尋問がおこなわれた。

ビハール号撃沈についてふたたび嶋内は証言し、イギリス艦隊がセイロン、チャゴス諸島、それにマダガスカルに基地をもっていることは十分に想像され、もっとも近い基地からだと敵機はビハール号の撃沈場所に一日以内に到達でき、また、近くの洋上に敵航空母艦がいたならば、緊急救難信号を受信し、数時間以内にビハール号の近辺に到達できただろう、と証言した。この場合、奇襲隊は戦闘準備をする時間的な余裕がない。捕獲された捕虜は戦闘の邪魔にならないようにしなければならない。

小谷は訊いた。

「ビハール号を撃沈して間もなく、もしイギリス機動部隊の艦載機が奇襲隊を攻撃してきたなら、どのような事態になっていたと思いますか」

「『利根』『筑摩』『青葉』の三隻の巡洋艦には、あわせて三〇〇〇名をこえる将兵がのっていました。攻撃をうけたなら、完璧に撃沈され三〇〇〇名ちかい人命が失われていたことは間違いありません」

「それは奇襲隊の全滅ということですね」

「はい、そうです。というのも、奇襲隊はこのとき、戦闘をおこなうほど十分な燃料がありませんでした。機動部隊からの攻撃を想定すれば、左近允司令官は捕虜を処分するよう命令せざるをえなかったのです」

「すると嶋内さん、ここが大事なのですが、左近允司令官は法律上、自己防衛のために捕虜の処分を命じた、ということですね」

「そのとおりです」

「それは司令官独自の判断ですか」

「はい、司令官が決定されました」

嶋内のガードはかたく、上層部へ罪過がおよぶのをふせいでいる。

小谷は尋問内容をかえ、伏線をはった。

「あなたは、処分、つまり捕虜の殺害を先任参謀として『利根』に命じる立場でしたから、当然、処分に賛成でしたね」

「そのことに関して、個人的な考えはもっておりませんでした」

「おかしいですね。司令部の参謀のなかでは、救助した捕虜を処分するよう最も強く主張していたのは嶋内さん、あなただという証言を私は得ています。あなたは一貫して、不要な捕虜は処分せよ、と主張していたのではありませんか」

クロスが立ち上がり、「オブジェクション！」と声をあげ、弁護人の尋問は自分の考えを証人に強要するものだと強く抗議し、裁判長はこれを認めた。

嶋内はみずから証言をもとめ、かれ自身は、捕虜はすべてバタビアに連行されるものと思っていたから、「利根」から尋問中につき、捕虜を処分していないという返信をうけたとき、そのことを咎めることはなかった、と述べた。

この日、午後からの証言で嶋内はつぎのように証言した。

三月十五日にバタビア港の沖合に碇泊した「利根」の黛艦長から、司令官に会いたいという信号があり、夜遅く黛は左近允に会って、捕虜を処分していないことを報告した。この報告にたいして、左近允司令官は、ビハール号を撃沈し捕虜を全員バタビアにつれてきたことは重大な命令不服従である。このことは十分心得ておくよう、黛艦長へ告げた。

「黛艦長がひきあげたあと、私は司令官室へゆきました。いつもは温容な司令官が、このときばかりは苦りきった面持ちで、黛艦長からの報告内容と、司令官が艦長へ伝えたことがらを私に話され、『利根』は勝手なことばかりして、まったく困ったものだ、と怒りをこらえきれない様子でした」

と嶋内は明言した。

ところがこの証言は、小谷が左近允から聴取した事実と決定的にことなっていた。十五日の夜は、左近允は黛と会っていない。司令官のかわりに嶋内が会い、捕虜の助命の申し入れをうけた、と小谷は左近允から訊いていた。

そのことを裏付けるたしかな記録がある。

小谷は反対尋問にたった。

「嶋内さん、十五日の夜、『青葉』の戦隊司令部にやってきた黛艦長に会ったのは、司令官ではなく、先任参謀の嶋内さん、あなたではありませんか」

通訳の間、小谷が被告席に目をやると、黛は太い眉をよせ、証人席をじっと見ていたが、左近允は腕を組み、かすかに目をとじていた。

真実はこのふたりの胸のなかにある。

検事のほうへ目をおよがせていた嶋内が、小谷のほうへ向き直った。

「私の記憶では、お会いになったのは司令官だと思います。司令官は黛艦長からの申し出をうけ、捕虜を助けるために努力されています。翌日ひらかれた研究会で、一五名の捕虜を『青葉』にうつすことになりました」

「あなたが、十五日の夜に黛艦長に会ったのは司令官だと、なお主張されるのでしたら、とりあえずこの件はそういうことにしておきます。ところで嶋内さん、あなたは翌十六日の研究会の司会をされていますね」

「はい。そうです」

「いいですか。よく思い出してください。一五名の捕虜を『青葉』にうつすことにしたのは、研究会で決まったのですか。それは間違いではありませんか。もう一度、よく思い出して応えてください」

「研究会で決まったように思うのですが、あるいは少し前後しているかもしれません……」

「断定できない、ということですか」

「ええ、つきつめると、記憶はあいまいです」

クロスが異議申し立てのため、手をあげそうになったが、小谷は無視した。

「いいですか、嶋内さん。よく聞いてください。生存している捕虜の証言によれば、十六日の朝、『青葉』につれていかれたとなっております。つまり、会の前に捕虜は『青葉』へうつされています。これは戦犯部の調査に応じた捕虜全員が十六日の朝と証言していますから、まちがいありません。それでも嶋内さん、あなたは研究会の席で決まったと証言されますか」

と小谷がただすと、嶋内はしどろもどろになり、このあたりの記憶は定かではないので、はっきりしたことはいえない、と証言をかえた。

小谷は裁判長を仰ぎ見ていった。

「一五名の捕虜の移動は、黛艦長の申し出を聞いた嶋内参謀が、司令官に報告し、司令官が許可して実現した。これが本当のところです。会の席で決まったのではないのです」

視線を嶋内へうつし、小谷はさらにただした。

「嶋内さん、あなたは司会をされていたから、十分に覚えておられるはずです。それは研究会の冒頭、サ号作戦は終了し、『利根』と『筑摩』は第一六戦隊をはなれ、原隊の第七戦隊に復帰することになった、と司令官は出席者に話し、このことを周知した。これは間違いありませんね。それとも司会者のあなたは、また忘れましたか」

翻訳がつたわると、傍聴席からどっと笑いがおこった。

嶋内は哄笑を背にしながらも、あいまいな答弁を終始くりかえした。

「『利根』と『筑摩』が原隊に復帰することが決まったのが、研究会のときであったか、それともずっと後、つまり『利根』がシンガポールに入港したときだったのか、私には残念ながら記憶がありません。したがってここで正確なことをもうしあげる自信がありません」

と嶋内が証言したところで、小谷は尋問をうちきった。

かわって、酒井弁護人が尋問をおこない、嶋内は捕虜処分について次のような証言をし、長い一日がおわった。

三月十八日、バタビア港を出港した「利根」は左近允司令官の指揮下になかったが、捕虜を処分せよ、という司令官の命令はいまだに「利根」にたいして有効だったので、黛艦長は命令に従う義務があった。今日、冷静になってふりかえってみると、黛艦長は自分が望むように捕虜を全員上陸させることは出来た。しかし、現実には艦隊がこれを拒否したので、司令官の命令に従わざるをえなかったのである。

四

二十五日も一日、嶋内の証言にたいする反対尋問があった。

酒井は嶋内に南西方面艦隊の編制について尋問したが、このふたりの無意味なやりとりは午前中いっぱいつづけられ、傍聴席では大半の者が居眠りをはじめた。裁判席の判事はしんぼう強く、各艦隊の構成や任務と陣容など、嶋内が克明に語るのを聞いていた。

午後の公判で、嶋内は自ら証言をもとめ、研究会では、捕獲した捕虜を海軍規則どおりに取り扱うことを主張したのは、黛艦長であった、と述べた。

最後に小谷が反対尋問にたった。

「昨日にひきつづき、三月十五日の夜のことについて訊ねます。じつは、戦隊司令部の堤通信長の日記メモによれば、司令官に面会をもとめた黛艦長にたいし、先任参謀の嶋内中佐が会う、という信号を『利根』に送り返したことになっています。このメモどおり、この夜、黛艦長にあったのは、嶋内さん、あなただったのではありませんか」

「はっきり思い出せません」

「それでは、もうひとつお訊きします。ビハール号が撃沈された翌日の十日、『利根』と『青葉』の間で捕虜処分をめぐって通信のやりとりがあります。このときの通信記録を堤さんの日記メモでみてみますと、えーと、ちょっと待ってください……」

　ここで小谷は、堤の古ぼけた日記をとりだし、裁判長席にみえるようにいったん差し上げると、読んだ。

「メモにはこう書いております。既定の方針どおり、捕虜は必要最小限の者を除き、すみやかに処分されたし、と先任参謀の名前で、『利根』に発信す。とあります。いいですか嶋内さん、処分命令にはこのようにあなたが関わっている」

　クロスはバネがはじけるように立ちあがった。

「証拠申請もしていないあやしげなメモにもとづいて、証人をおいつめるのは正義に反します。裁判長、いまの尋問を弁護人は取り消すように求めます」

「異議を認めます」

　とラミング裁判長は、あっさりクロスの主張を認めた。小谷が堤の日記を証拠申請したいというと、裁判長は、あとにしてくれ、と応えた。

　小谷はひるまず質問をかえ、核心にせまる弁舌をふるった。

「艦隊司令部からの口達命令はなかった、というあなたの証言が真実だとすれば、捕虜処分命令は嶋内さん、あなたがペナンに出向いたあと創作して、司令官に伝えたことになりはしませんか。つまり、あなたはもともと捕虜処分主義者であったから、十五日の夜もあなたが黛艦長に会い、何らかの圧力をかけた。さらには、『利根』が残りの約六五名の捕虜をのせたままバタビアを出港する際、捕虜を処分できなかったことについて、黛艦長の責任を厳しく追及した」

嶋内は拳をふるわせ、敵意にみちた目で小谷をにらんでいた。

裁判長が何かいったようだったが、小谷は聞こえないふりをしてつづけた。

「もうひとつ最後にひとつだけ、あなたにお訊きします。あなたは、『利根』の原隊である第七戦隊司令部にたいして、シンガポールにむかう『利根』の艦内にいた捕虜を処分させるように、要請したことはありませんか」

「バカな。ありえん！」

嶋内は身体をふるわせ、吐き捨てるように応えた。

審理がすむと、小谷は宿舎にひきあげシャワーをあびた。

少しはさっぱりした気分になれるかと思ったが、むしゃくしゃした気分はとれない。食堂におりて夕食をとっていると、法廷ではいつも小谷のとなりの席にいる助言官のバンフィルド中尉が、弁護団世話役のホワイトホーンをともなってあらわれ、小谷が食事をおえるのを外でまっていた。

弁護人執務室でふたりにむかいあうと、

「小谷さん、あなたには申し訳ない」

と、バンフィルドが金髪の頭をさげた。

今日、小谷が法廷でとりあげた「堤日記」の証拠申請をしていたが、裁判長はこれを却下してしまった、という。さらにそれだけではなく、堤通信長の証人申請も受理されなかった。予想されたとおりである。

「小谷さんは、一生懸命なのに、なんということだ！」

熱心なクリスチャンでもあるバンフィルドは、憂いのある蒼い瞳を小谷にむけ、正義はどこにいってしまったのだ、と嘆いてみせた。

法廷からふたりの被告人といっしょにスタンレー刑務所へゆき、もどってきたばかりだというホワイトホーンは、

「大変、感謝している」

という左近允中将の言葉を小谷につたえた。

これまで、その日の公判がおわると、小谷はホワイトホーンが運転するジープでスタンレーへでかけ、左近允にあっていたが、嶋内の証言が一段落した今日、スタンレー行きをとりやめていたのだ。

ホワイトホーンは、小谷をはげますようにクロス検事の伝言を口にした。

「クロス少佐が、あなたの弁論にすっかり感服し、ちかいうちにぜひ一杯やりたい、といっ

ていました」

法廷内では威厳と権威をみせつけるばかりのクロスも、一歩外にでるとまるで人がかわったように親しく、目じりをさげて小谷に話しかけてくる。ふたりはお互いの家族のことや郷里の自慢を話し合う仲になっていた。

「それにしても……」

とバンフィルドが嘆息した。

かつての部下が自分に不利な証言をしているのに、左近允は眉ひとつうごかすこともなく平然としており、始終そわそわ尻の位置を変え、落ち着きのない黛と好対照である。スタンレーでも戦犯の待遇改善につとめるだけでなく、所内のどぶ掃除を率先してつづけており、蚊やハエがすくなった。とバンフィルドは左近允の人物をほめ、いくら責任をとう裁判とはいえ、わが大英帝国は復讐心を満足させているだけだ、と悲しそうである。

小谷はそんな若い青年士官にいった。

「左近允中将が品格のある人物であればあるほど、きっと大英帝国には裁き甲斐があるのではないでしょうか。あなたたちは日本を裁いているのですから」

バンフィルドは頸を左右にふり、一言一言かみしめるように、

「小谷さん、どうか希望を捨てないでください。審理はまだつづきます。われわれもできるだけの支援をしますから」

と応えるのだった。

五

翌日はビハール号の生存者のひとりのトーマス・グリーン大佐の証言があった。

グリーン大佐はメルボルンからボンベイへゆくためにビハール号に乗船していた。かれの証言のなかで、一五名の捕虜が「利根」から「青葉」に移されたのは三月十六日の朝であったことが明らかにされた。

「私たち一五人の捕虜は十六日の朝、甲板にならばされた。日本人士官が大声で一五人の名前を呼んだ。この中には二人の婦人と、四人のニュージーランド空軍のパイロットもいた。私たちは大型ボートで『利根』をはなれ、まだ朝霧がのこる海上を移動して、バタビア港に停泊し、将旗をかかげている『青葉』へ乗り移った。『利根』には五〇人ほどのヨーロッパ人とインド人の一団が残された」

とグリーン大佐は述べた。

またかれは酒井弁護人の訊問にこたえ、緊急救難信号は混乱しているなかで打たれたので、通常の短波ではなく中波で発信し、このため半径五〇マイルまでしかとどかなかったと証言し、あわせて「利根」からの信号の受信状態が大変悪く、砲撃を受けるまで、オランダ船だと見誤っていたと述べた。

最後に酒井が尋ねた。

「この法廷に、『利根』に乗っていた日本人将兵はいますか」

「いないように思います」

「グリーン大佐、どうか、遠慮なくしっかり見渡してみてください」

法廷はしんと静まりかえった。

グリーン大佐は被告席から通訳席、そして傍聴人席もひととおり見渡し、弁護人席の小谷と酒井をみくらべていたが、おもむろにいった。

「酒井弁護人の顔なら、以前、どこかで見た覚えがあります」

一瞬、間があき、それから法廷はどっと笑いにつつまれた。

翌日は外交官の息子だった永井邦夫主計長が証言した。永井は英語が話せたので、「利根」の艦内で捕虜の取り調べをしている。かれの証言によれば、三月十九日の早朝、残りの捕虜が処刑されたことを知った。したがって処刑は「利根」がシンガポールへ向けて航行中の深夜のことで、黛艦長の命令がなければ、このようなことは起こりえない。処刑の命令は石原孝徳大尉に下され、「利根」乗員が処刑直後の朝にかわしていた会話から、柔剣道の部員が実行した、と永井は推測した。

「その会話はどのようなものか」

とクロスが証言をもとめた。

永井は躊躇するようだったが、再度うながされ、

「軍刀をふりおろす角度をあやまると、頸がおちない。コツをつかむまでに数人斬った。と

いうようなことです」

と述べ、傍聴席から深いため息がもれた。

土曜日の午前中と、日曜日をのぞき、二十九、三十の両日の三日間、三井淳資副長が証言し、審理は前半の山場をむかえる。

土曜日の証言で三井は、索敵からビハール号を発見し、撃沈にいたるまでのいきさつを時間のながれにそって詳しく述べた。それから捕虜の救助は黛艦長の命令でおこなわれたことを強調した。捕虜を収容したことを「青葉」に報告すると、「青葉」の先任参謀が信号を送り返してきた。

「二、三名の情報価値のある捕虜をのぞき、あとの捕虜はすべて作戦会議で決定されたように処分せよ。いそいで処分方法を検討し、報告されたし。ということでした。これにたいして捕虜は尋問中である、と返信しました」

「処分せよ、という命令はだれから発信されたものですか」

と小谷が反対尋問し、三井はつぎのように応えてこの日の審理はおわった。

「捕虜処分に関する『青葉』からの信号には、〝先任参謀より艦長〟を意味する〝セサヨカ〟という略語がつかわれていましたから、発信者は嶋内中佐だと理解しておりました」

二十九日の冒頭、三井は一昨日のこの証言を補足し、発信者は先任参謀であるが、それは司令官の指示と一致していたので、左近允司令官からの命令であると受けとめた、と述べた。

それから三井は、黛が捕虜を救うためにさまざまな努力をしたことを話し、士官室でも「青葉」からの処分命令にたいする対応が話し合われ、処分は間違っている、という意見が大半となったので、三井はこの意見を黛艦長に伝えた。これにたいして黛はつぎのようにいったのだ、と三井は証言した。

「もし、自分がこの処分命令を実行しないと、命令不服従で処罰をうけるおそれがある。さらにいま敵に襲われたら、万が一にしろ捕虜が『利根』のキングストン弁をあける心配がある。『利根』は沈没するかもしれない。しかし、国際法は守らなければならない。このような事態にあっても、士官たちの意見も尊重し、自分は捕虜をバタビアまでつれて帰るつもりだ」

三井はバタビアでのことについては、つぎのように述べた。

黛艦長は三月十五日の夜、自ら「青葉」に乗り込み、一五名の捕虜の上陸許可をもらってきた。翌日の研究会には三井も出席し、黛艦長が残りの捕虜の上陸を司令官に嘆願するのを側で聞いていた。この会のあと黛は三井とともに「青葉」に残り、司令官と先任参謀にあった。黛はなおしばらく「青葉」に残っていたが、三井は先に「利根」に帰った。夕方、「利根」にもどってきた黛は、「希望はいっさいなくなった」と三井にいうと、送別パーティーへの出席をとりやめ、艦長室に閉じこもってしまった。

パーティーに出席していた三井は十七日、たまたまホテルの朝食で左近允と同席した。三井はこの席で捕虜の上陸を願い出た。左近允はインド人の何人かは上陸させる。あとで信号を使って人数を報せる、と応えた。この結果、三〇人ほどのインド人捕虜が上陸できることになったが、残りの約六五人は「利根」の艦内にそのまま閉じ込められた。

この日の法廷では、最後に三井とクロス検事の間で、つぎのやりとりがあった。

「これから質問することは、副長であるあなたがもっとも正確に知っていることだと思います。『利根』が第一六戦隊をはなれ、第七戦隊に復帰するよう電報で命令をうけたのは、いつですか」

「三月二十日の午後です」

「ということは、シンガポールに着いたあとですか」

「はい。シンガポール到着は午後三時ころでした。その直後のことです」

聞きながら、真っ赤な嘘だ、と小谷は思った。捕虜を処分した時点で、まだ左近允司令官の指揮権が有効であるようにするための偽証である。

仕組まれたふたりの芝居はまだすこし、つづいた。

クロスは、さもありなんという顔でたずねる。

「バタビアからシンガポールへ移動している間に捕虜は処分されてしまった。捕虜を処分したということを第一六戦隊や第七戦隊に報告しましたか」

「もちろん、報告しました」

「いつですか」

「『利根』がシンガポールからリンガ泊地へ到着した日です。三月二十三日の夜でした」

「どのように報告したか、覚えていますか」

「処分したという事実と日時、それにおおよその場所を報せました」

「それぞれの戦隊から、そのことについて、何か問い合わせがありましたか」

「いえ、それは一切ありませんでした」

「処分を了解した、ということですか」

「そのように考えます」

「わかりました。以上でおわります」

クロスは得意そうに訊問をうちきった。

翌三十日、開廷すると三井は、ただちに裁判長へ意見の陳述を申し出た。ラミング裁判長は待っていたとばかりに、これを許可した。

「黛大佐は部下にたいしても、大変愛情深いクリスチャンでありました。大佐は新兵を平手うちにする日本海軍の悪習を厳しく禁じ、若い士官が紳士であることをいつも求め、教育していました。不幸なこの事件では、最終的に四〇名をこえる捕虜が助かっていますが、もともと捕虜の救助を積極的にやったのも黛大佐であります……」

と、三井は嶋内とは好対照に、かつての上官を弁護する陳述をながながとつづけた。「利根」の艦内では、捕虜を手厚くもてなすため、衣服や寝具、食事と適当な運動、それに婦人へのこまやかな配慮など、こころのこもった世話をさせた。

黛のなかにながれるこうした人道主義はキリスト教道徳にもとづくものである、と三井は述べ、黛の係累についてつぎのように紹介した。

黛の祖父の治邦は、同郷の新島襄（にいじまじょう）が同志社英学校を設立したとき、協力を惜しまなかった篤志家で、県会議員になると新島の感化をうけ、全国で初めて群馬県内の公娼制度の廃止を実現させた。父の治良と母のかよは共に熱心なプロテスタント系のクリスチャンだったので、黛は幼いころから聖書に親しみ、中学二年のときに洗礼をうけた。

午前中で終了したこの日の審理の最後に、三井は声をつよめて証言した。

「もし黛大佐が処分命令を実行せず、捕虜をシンガポール当局へ引き渡していたなら、大佐は軍法会議にかけられていたことは間違いありません」

六

一日あけて、十月二日の木曜日から六日の月曜日まで、日曜日をのぞく四日間にわたり、左近允中将の抗弁と、中将にたいする反対尋問があった。

渦中の人物の登場とあって、法廷は四日間ともに香港市民や軍と治安および報道関係者でうまった。

「責任をのがれる考えは一切ない」

とつねづね小谷に語っていた左近允は、満場の耳目が集中するなかでも、気負うことも、決してぞんざいになることもなく、事実をできるだけ正確に話し、わかりやすく説明しようという姿勢をつらぬいていた。しかし一方、

「真実は、つたえ残さねばならん」

という左近允の願いは、嶋内はもとより証人として香港によばれたかつての部下たちの供述によってふみにじられていた。かれらには司令官が責任を負って当然、という思いこみが強く、クロス検事の想定にそった証言をくりかえし、左近允をおいこんでいった。

クロスは四面楚歌のなかにおかれた左近允に、容赦のない質問をあびせた。

第一六戦隊の作戦命令のなかに捕虜処分が規定され、このことは当然、艦隊司令部においても承認を得ていた、という左近允の主張にクロスは反論した。

「あなたの側近だった嶋内参謀は、口達命令そのものを否定する証言をしています。左近允さん、本当は司令官であるあなたが捕虜処分の規定をつくり、艦隊司令部に承認をもとめた、そうではありませんか」

「それは、まったく事実に反しております」

「あなたは供述調書において、ガダルカナルでおこった連合国による日本人捕虜の虐殺や、病院船の爆撃、さらに一九四四年一月にあなたの戦隊の巡洋艦が撃沈されたことに対し、連合国に激しい怒りをいだいたと述べておりますが、それらは事実ですね」

「連合国が海上に漂流している無抵抗の将兵や、赤十字のマークをつけた病院船を爆撃したことは、明らかに国際法に違反するだけでなく、人道に反する野蛮なおこないであり、だれでも怒りを覚えることだ」

「怒りだけですか」

「それが自然な感情だ」

「もちろんそうです。ところがさらにこれらの出来事から、あなたは連合国軍隊が日本人の人的資源の減少を企てているように思い、報復的な手段をとるべきだと考えるようになったのではありませんか」

このクロスの尋問に、小谷がすぐ「オブジェクション！」と異議を申し立てたが、裁判長は却下した。

左近允は落ちついた様子で応えた。

「私個人にそのような考えはない。しかし、艦隊司令部やその上層部のごく一部の指導者のなかに、敵国の人的資源の殲滅(せんめつ)をねらう戦術をさぐる動きがあった。捕虜処分命令はそのすじから下達された、と理解している」

「左近允中将！」

とクロスは、ここぞとばかりに大きな声をだした。

「あなたは他の証人たちとちがって、事件の責任を亡くなった高須長官の艦隊司令部へ、しきりとおしつけようとしているようにとれますが、そのことを立証できる確かな証拠はお持ちですか。それとも、死人に口なし、というではありませんか。高須長官へ責任をおしつけるのはあなたの法廷戦術ですか」

左近允のこめかみが、ピクピクふるえた。

「責任問題と事件の真相の究明はまったく別の次元のことがらだ。私は事実だけを話している」

「しかし、日本海軍の上層部から捕虜処分命令が下達された、というのは、あなたの推測や思い込みではありませんか。もし事実だというのなら客観的な証拠を見せてください」

沈黙している被告にかわって、小谷が手をあげ、立ち上がった。

「裁判長、クロス検事が要求したことに関して、弁護人は証人を申請したいと思います」

ラミングが裁判長席からよくこえた身体をのりだすようにして、新たに日本から呼びよせるというのなら、それは認められない、と釘をさした。

「ほかでもありません。検察側の証人として呼ばれている多田次官の証人申請をします」

多田を法廷に立たせるつもりのないクロスは、口をとがらせた。

裁判長は、必要かどうか検討します、とだけ応えた。

クロスはしつように訊く。

「あなたは、捕虜を救助した『利根』にたいし、処分命令をだしました。これは事実ですね」

「はい、認めます」

「その命令は、不要な捕虜は殺害せよ、ということですね」

「そのとおり」

「命令は実行されず、すべての捕虜がバタビアにつれてこられたのを知ったのはいつですか」

「三月十五日の夜、黛大佐から報告をうけた嶋内参謀から聞いた。また要望のあった一五名については、『青葉』に引き渡すように命じた」

「嶋内参謀はこの夜、黛艦長にあったのは左近允閣下、あなた自身だと証言しており、くいちがっています。いずれにしろ黛艦長は処分命令を実行しなかったわけです。艦長の命令不服従にたいし、あなたは翌日の研究会で、黛艦長に残りの捕虜の処分を命じていますね」

「いや、それは違う。残りの捕虜のあつかいについて、どのようにするかは会のあとで私が決定し、『利根』に連絡することにした。というのも私はこの朝、小山田少佐をバタビア市内の俘虜抑留所本部へ派遣し、中田正之陸軍大佐に『利根』がつれて帰った捕虜を引き取って欲しいと依頼していた。そして会のあとはバタビア市内のホテルで中田大佐に会い、すべての捕虜の収容を引き受けてもらった。私はこのことを『利根』に連絡するように小山田少佐に命じた」

「なるほど、よくわかりました。あなたのいまの証言が真実かどうか、小山田少佐に供述をもとめればはっきりしますね」

　とクロスは意地悪くたたみかけた。

　小山田が戦死していることは、クロスも承知している。

「惜しいことに、小山田君はコレヒドールで戦死した」

　と左近允は声をおとした。

「それはお気の毒です。では、捕虜の収容を引き受けたという中田大佐に証言を求める方法があります」

とクロスはしつこく攻めたてた。

「第一復員局へ照会したが、中田大佐はまだ復員しておらず、行方がつかめない状況だ」

「おう、裁判長、これはなんていうことでしょう」

とクロスは両手をひろげ、大げさに驚いてみせた。

「高須長官、小山田少佐、それに中田大佐と左近允被告の弁明の軸になる重要な証人は、死んでいるか行方不明です。これは偶然なのでしょうか。とてもそのようには思えません」

クロスは思わせぶりに主張すると、尋問をおえた。

このあと、酒井弁護人が、捕虜全員を上陸させようとした左近允の努力と小山田への命令は、捕虜を処分しようとした「利根」への命令と矛盾していないか、と被告を非難し、左近允はそのとおりだが、バタビア到着後は、一貫して捕虜の命を救おうとし、捕虜は全員上陸したものと思っていたと応えた。

また左近允は証言のくいちがう事柄について、およそ次のように供述した。

「サ」号作戦の終了と第一六戦隊の一時的な編制を解く命令が艦隊司令部から発信されたのは、「青葉」がバタビアに到着した三月十五日の夜のことで、翌日の研究会において、「『サ』第一号作戦部隊ノ編制ヲ解ク」という電文どおりに、臨時の艦隊の解散を伝えた。この会に臨んだ各艦の艦長も主な士官たちもこれを了解している。

会のあと左近允は上陸し、三月十九日まで『青葉』に帰らなかったので、捕虜のことで報告をうけたことはなかった。ただ、十七日の朝、バタビアのホテルの朝食で三井と一緒になり、三井からビハール号の生存者を上陸させて欲しいという要望を受けた。しかし小山田にすべての捕虜を上陸させるよう命令しているので、三井が重ねてこのような要望をする必要はないと判断し、返事をしなかった。またこのとき、『利根』はすでに一六戦隊をはなれており、左近允は命令ができる立場になかった。

最後に、酒井は「利根」が第一六戦隊をはなれたあとの左近允司令官と黛大佐の関係について糺した。

「あなたは、黛艦長から捕虜処分のことで、報告をうけなかったのか」

「私はそのとき、報告をうける立場ではなかった」

「しかし、上陸させることに尽力したのなら、人情としても捕虜のことが気にかかると思うが、あなたは自ら聞きだすこともしなかったのか」

「お尋ねの懸念は机上のものであり、現実的ではない」

「それでは、残りの捕虜が処分されたことは、いつ知ったのか」

「戦後、上海でイギリス軍関係者に逮捕されたときに、インド人が数名、処分されたと聞かされ、驚いた」

酒井はあきれたような顔をして、ラミングを仰ぎ見た。

「裁判長、本弁護人は左近允被告の証言のほうが、およそ現実的ではないように思います。一度は処分命令をだしておきながら、捕虜の殺害を戦後まで知らなかったということは考えられません。バタビア港をでた黛艦長が、処分命令はなお有効であると信じ、捕虜を殺害してしまった、という行為のほうが説得力があり、処分命令はシンガポールまで黛艦長をしばっていたのです」

七

最終日の六日、小谷は艦隊司令部や海軍上層部からの捕虜処分命令が存在したことを、左近允の証言から引きだそうとこころみた。

左近允司令官が高須長官と直接面談した回数は、事件がおこるまで全部で六回に達している。そして多田参謀長はふたりの面談の際、一度だけ欠席し、あとはすべて同席している。

第一六戦隊司令官を拝命した左近允が、ペナンの艦隊司令部を訪れたのは昭和十八年九月二十日のことで、司令官として初対面となるこの日、高須や多田は南西方面の戦況について左近允に語っている。つぎが同年十二月五日で、ドイツからの帰路、セレター軍港に立ち寄った伊八潜水艦の歓送迎会がシンガポール市内の水交社でおこなわれた。左近允はこの会で、ぶえのすあいれす丸の悲劇を多田から聞いた。それから翌十九年一月十六日、シンガポールの海軍官舎内で、左近允は「サ」号作戦の原案を高須から示され、意見を求められている。ここでは、捕虜処分の話は出ていない。ふたりが会った四度目は、四日後の一月二十日のことで、セレター軍港内の「足柄」の士官室である。この日、南西方面艦隊の司令部、各戦隊司令官、艦長、参謀などが一同に会し、「サ」号作戦が正式に発令されている。もちろんこのとき、捕虜処分に関する規定はなく、処分命令もだされてはいない。

問題はそれから一月後の二月十九日である。この日、高須長官が単独でセレター軍港に停泊していた「青葉」をたずねてきた。

小谷はここまでのながれを、左近允との応答でたしかめた。法廷内は皆、ふたりのやりとりにじっと耳をかたむけている。

小谷はさらに訊いた。

「長官自らが戦隊司令部をたずねるというのは、異例のことですか」

「通常はありえない」

「あなたはこのとき高須長官から、『足柄』にかわって『利根』と『筑摩』が『サ』号作戦に参加することになった、と知らされますね」

「はい。結果としては戦力が増強され、戦隊としては朗報だった」

「わざわざ長官が足をはこんできたのは、このことだけですか。長官は他に何か重要なことを司令官であるあなたに話しませんでしたか」

「長官は、捕虜を捕獲した場合の対応に変更が生じた、といわれひどく困惑されていたのを覚えている」

「変更というのは、どういうことですか」

「情報価値のある捕虜以外は、処分する、ということだ」

「つまり、捕虜処分命令ですね」

「そういうことです」

「なるほど、処分命令の問題はこのとき初めてでてきたことがわかりました。しかし長官が困惑されていた、というのはどういうことでしょうか。そのあたりの理由を詳しく話してください」

「長官がおっしゃるには、処分命令は軍令部からだされているので、多田参謀長を確認のため軍令部へ急遽派遣した。そこで多田参謀長の報告をまって、捕虜の取り扱いについて正確なところを再度伝達したいので、第一六戦隊の参謀を後日、ペナンへよこすようにということだった」

「なるほど、それで、嶋内先任参謀がペナンへでむき、処分命令を口達される、ということですね」

「間違いありません」

「よくわかりました。ところで事件前、高須長官と最後に会ったのは、三月十六日のバタビアでのパーティーでしたね。あなたはこのとき、捕虜のことを長官に報告しましたか」

「すべて上陸させることにした、と報告した」

「それは命令不服従になるが……」

「承知の上です」

「長官はなんといわれましたか」

「報告を了承され、シンガポールへの捕虜の輸送についても艦隊司令部で便宜をはかることを約束された。私は長官の高配に感謝し、気持ちが軽くなった」

「なるほど、捕虜のあつかいについての一連のいきさつがよくわかりました」

小谷は想定どおりに尋問がすすんだことに満足した。

クロスが裁判長に発言をもとめた。

「弁護人と被告の間で、大変よくできた対話があり、感心しました。命令は日本の天皇からあった、というところまでゆくのかと思って面白く聞いていましたが、そこまでゆくと本当の猿芝居ですな。いずれにしろ、被告人にとって高須長官の役割は決定的です。小谷さん、あなたは高須長官をこの法廷に呼んで証言をもとめるつもりですね」

「…………」

「裁判長、日本では死者も裁判のときには蘇るようです。小谷弁護人が高須長官の証人申請をすれば、どうされますか」

「もちろん、許可しましょう」

ラミングの言葉で、法廷は一気に哄笑の渦につつまれた。

この後、判事が小山田少佐の死亡を知ったのはいつか、と左近允に質問し、左近允はスタンレー刑務所に収容されていた昭和二十二年四月に、第二復員局から知らされた、と応えた。

またもう一人の判事が、黛大佐の不服従について、なぜ艦隊本部へ報告しなかったのか、と糾したが、左近允はバタビアではもう捕虜を処分する必要がなかったので、不服従とは思わなかった、と述べた。

八

翌七日の法廷は丸一日、黛艦長の陳述についやされた。

黛はこの日のために原稿用紙にして一〇〇枚をこえる弁明書を用意していた。

午前中いっぱい、黛はかれ自身の生い立ちと、受けてきた教育についてながながと開陳した。

それによると、海兵時代から大戦勃発の直前まで、黛の愛読書は米国の「アナポリス」が発行していた「米国海軍協会雑誌」と米国海軍の教科書類であった。親族の多くが弁護士や判事など法律関係の仕事にたずさわっていたことや、海軍大学時代にエール大学で研究生活をすごした経歴をもつ恩師の薫陶などにより、民主主義への理解と、「いかなる情況にあろうとも、法律は遵守せねばならぬ」という思想がかれのなかに形成されたのだ、という。

黛は法律に関し、改正にたずさわった「軍艦例規」の条文を逐一あげ、かれの思想や行動が国際的な標準に基づいていることを例証し、裁判長や検事に理解をもとめた。この点で、かれが具体的にあげたのは昭和十七年九月、ブカ島で数人のカナダ人宣教師がスパイ容疑で取り調べをうけるという事件である。黛が水上機母艦「秋津洲(あきつしま)」の艦長のときのことで、部下がかれらを殺すべきだと申し出たが、黛自身がかれらを尋問し、無罪放免にした。

青年士官への教育についても、黛は自分がうけた教育の成果をできるだけ反映することをこころがけていたと述べた。そしてかれは、私的制裁の禁止など海軍内の悪習をたちきらせ、世界的な識見をもつ士官を育成するように努めたことを力説した。

小谷には黛被告のこうした自己宣伝は未練がましく聞こえ、また厚顔無恥な印象がいなめず不快であったが、裁判長も判事も熱心に耳をかたむけ、傍聴席でも居眠りする者がいないことは、小谷にはまことに奇妙なことに思えた。

午後からは、事件の核心にふれる弁明がはじまった。

黛はつぎのように熱弁をふるった。

艦隊から下達された作戦命令は分厚く、各種の注意事項や天候、敵艦艇の常用航路、兵力配備などさまざまな作戦資料がふくまれていた。捕虜に関係することは別冊で、「参謀長口達覚書」と表紙にあり、その四枚目に「船長以下高級船員ノ一部、通信、水中測的、電探、航空関係デ有力資料ヲ得ルコトノデキル人員ハ艦隊司令部デ調査スル」と記されていて、その他の捕虜については何も指示されていなかった。

「青葉」における作戦会議で、その他の捕虜の処分については、司令官が決するということになり、「実に困った。大変な命令をもらった」と黛は思った。

ビハール号を撃沈し、捕虜を救助したことを旗艦「青葉」に報告すると、第一六戦隊先任参謀の嶋内百千世中佐より、捕虜を艦隊命令によりただちに処分するよう信号があり黛は驚愕した。「捕虜ハ目下、詳細取リ調べ中」という信号を送り返し、司令部の熟考を待った。

するとさらに、先任参謀から「タダチニ処分セヨ」と信号があり、いよいよ困ったことになった、という気がした。翌日、司令官あてに、捕虜を活用願いたい、という意見具申をしたが、間もなく「艦隊命令ドオリ直グニ処分セヨ」とふたたび命じられた。

艦長としてはバタビア入港後、直接司令官にお目にかかり、情理をつくし意見を申し上げ、司令官の意思を曲げて頂き、艦隊命令の変更をしてもらうという決断をし、このことを黛は三井副長にも話し、捕虜の健康には万全を期すよう指示した。

ココス島からスンダ海峡に入るまで、敵航空母艦の艦載機や巡洋艦の攻撃をうけるおそれがあり、多数の捕虜を艦内にのこして戦闘をすることには絶大な不利で、非常に不安であった。捕虜を処分せよ、という作戦上の政策と、法律を尊重し人権を重んじる、という平素からの信念の間で黛は葛藤した。しかし、何としても捕虜をバタビアに連れて帰ろう、という気持ちが克った。バタビアが近くなると、「いかにしたら捕虜を助けることができるか」とその方法を考えることで黛は頭がいっぱいだった。

三月十五日の夜と、翌日の研究会で黛は捕虜の助命を申し出たが、左近允司令官は、「『利根』艦長の気持ちはわからないでもないが、艦隊作戦命令に艦隊司令長官の大方針が明示されている以上、司令官としてはいかんとも動かしがたい。命令のとおり実施するより他にない」と、命令の変更をしなかった。

日本海軍では上官にたいする絶対服従は、海軍軍人教育の重要な柱である。士官は海軍兵学校時代から、明治天皇の勅諭の「上官ノ命ヲ承ルコト、実ハ直チニ朕ガ命ヲ承ル義ナリト心得ヨ」との教えを守るように教育されてきた。

「かくして、最高の命令が私に下されたのです」

と黛は裁判長を見上げ、つぎのように弁明をしめくくった。

「処分命令を拒否することは絶対にできません。私に残された道は、私自身の意見をなげすてることでした。私は大いなるジレンマに苦しみましたが、命令を実行しました」

(よくぞ、ここまで自分に都合のよいことばかり話せるものだ)

小谷はなりふりかまわない黛の弁明に、生きることへの烈しい執着を感じた。

しかも左近允司令官の証言と食いちがう点が多々ある。黛が弁明を終えると、小谷は反対尋問をしようと立ち上がった。

「弁護人、何事だ」

ラミングが小谷の動きを制した。

「本日は、これで閉廷する」

「裁判長、黛被告にたいして、尋問があります」

ラミングは小谷をみおろし、事務的に言いわたした。

「つぎの開廷は六日後の十月十三日とする」

小谷は一瞬、身体をふるわせた。

香港裁判ではこれまで、死刑判決の日は十三日かあるいは金曜日である。とくに判決日が双方と重なった場合、一〇〇パーセント死刑だった。

小谷はうわずる声でたしかめた。

「裁判長、よもや、つぎの十三日が判決日ではありませんね」

ラミングはじろっと小谷を一瞥し、

「その質問に応える義務はないが、この法廷は弁護人の尋問権をうばうほど野蛮ではない」

とこたえた。

小谷はひとまずほっとしたが、裁判が香港戦犯部の思惑通り進行していくことに恐怖にも似た絶望感にとらわれた。

この仕組まれた裁判に一矢報いたい、と小谷は願った。そのためには、まだ香港に残っている多田次官を証言台に立たせ、左近允へ書き送った手紙の内容を問いただす。そうすれば、クロス検事のほうへ一方的に傾いたながれを少しは引き戻せるにちがいない、と小谷は最後の賭けに出た。

十三日は午前中、酒井弁護人が黛に尋問をした。

このなかで、黛は「利根」の乗員はだれひとりとして、小山田少佐から捕虜を上陸させるように連絡をうけた者はいない、と明言した。またシンガポールから第七戦隊と第一六戦隊へ「利根」の動向を報告した際、三井が記していた捕虜処刑の事実はすべて削除したが、それは「サ」号作戦の秘密は厳守されるべきである、とする艦隊司令部の作戦政策に従ったからだと応えた。そして、「利根」が第一六戦隊の編制を解かれたのは、シンガポールに入港した後のことである、と供述した。

午後、小谷が反対尋問に立った。

小谷はこれまで証言台にたった証人たちと左近允被告の証言、それに黛の証言の矛盾点を明らかにしたあと、黛に尋ねた。

「捕虜を処分したあなたは、だれからも罰せられることはなかった。捕虜を処分せずにバタビアにつれて帰ったときも罰せられていない。結局、捕虜をシンガポールに上陸させても罰せられることはなかったのではないか。つまり、あなたは処分の必要がなかったのに、六五名をこえる尊い人命を奪ってしまった。そうではありませんか」

「バタビアに帰るまで処分を実行しなかったのは、命令不服従ではなく、将校として意見を司令官に述べるためです。意見をいうことはできたが、命令は変更されなかった。そこで私はやむなく命令に従ったのです」

「あなたはずるいですよ。命令に従うと従わないを自分に有利に解釈しているだけではありませんか」

と小谷は黛を非難した。

「私は自分の考えやものごとの解釈には自信があります。二十年をこえる海軍の勤務中でも、間違った解釈をしたことは一度もない」

「それでは率直に訊きます」

と小谷は前置きし、黛をゆさぶりにかけた。

「奇襲部隊がバタビア港に着いた三月十五日の夜、あなたが『青葉』で会ったのは、司令官ではなく、嶋内先任参謀ですね。黛被告、あなたがいまここで、十五日の夜は司令官に会っていない、と認めれば、わたしはあなたが最も困る質問をひかえる用意があります。どうですか黛さん。あなたはそれでも左近允司令官に会ったと主張しますか」

「弁護人！」

と裁判長の太い声が法廷にひびいた。

「被告人と裏取引をしないように！」

「裁判長、本弁護人は多田武雄海軍次官が被告や証人たちと裏取引をした証拠をもっております。この際、多田次官を証人としてこの法廷によび、証言を求めたい。許可を願いたい」

ラミングのほうへ、左右にすわっていた判事が顔をよせ、協議がはじまった。

数分後、杉江一三艦隊参謀と川崎晴実「鬼怒」艦長にそれぞれ証言をもとめたあと、多田武雄艦隊参謀長を証人としてよぶことにする、とラミングが告げた。

翌十四日と十五日の午前中に行なわれた杉江参謀の証言は、「サ」号作戦に関する個々の艦隊の役割の説明に終始し、両被告の証言がくいちがう点への証言はあいまいで、どちらにもさしさわりのない証言をくりかえすだけで、真相の解明にはほど遠いものだった。また十六日の午前中、川崎艦長は作戦会議と研究会で話し合われたことを述べたが、新たな事実をあきらかにすることはなかった。

審理がはじまってほぼ一月がたっていた。

法廷内にもいくらか秋の気配がしている。天井から風を送っていた扇風機の大きな羽根は数日前から動きをとめている。傍聴席は色もののシャツが多くなっていた。

十六日の午後、ついに多田海軍次官が証言台にあがった。

多田と左近允は海兵の同期である。戦後、相対立する立場で法廷にのぞむことになった多田は、海軍省の次官に昇任するまでの自らの経歴について事細かく語りはじめた。すると裁判長は「簡略に」と注意し、「サ」号作戦に関することにしぼって供述するようにうながした。

それで多田は、「サ」号作戦がはじまる前、ペナンとスラバヤに第一六戦隊の参謀をよび、作戦計画書にもとづいて詳細な説明をくわえ、作戦の目的と艦隊命令の周知徹底をはかった、と述べた。ペナンでは嶋内、そしてスラバヤでは小山田に直接会っているが、この事件で問題になっている「捕虜処分命令」を口達した事実はいっさいない、と断言したところで、この日の法廷は終了した。

翌十七日、審理は冒頭から混乱する。

反対尋問にたった小谷は一通の封書を取り出した。

これは多田からスタンレー刑務所にいる左近允あてにだされた三通の手紙の中の一通である、と小谷は封書を裁判長席のほうへかかげ、多田証人がこの封書のなかの手紙を自分のものと認めるように、確認をせまった。

小谷が取り出した手紙は、法廷係官から証人台の多田の手にわたった。三枚の紙に縦書きに文字が記された手紙をうけとった多田は、ふっくらとよく肥えた顔に手紙を近づけ、文面にちらっと目をはしらせる。

「多田証人、弁護人がいうように、それはあなたが書いたものですか」

と裁判長がたしかめた。

「まったく、覚えがありません」

「あなたの手紙ではないのですね」

「よくわかりません」

と多田が応えるやいなや、小谷が叫んだ。

「裁判長、証人は明らかに嘘をいっています。わざわざ筆跡鑑定をするまでもなく、その文字をみれば、日本人ならだれでも多田次官が書いたものだと断言できます。証人が認めないのは、明らかに左近允被告に敵意をもっているからであります」

小谷はじりじりしながら、自分の発言が英語に訳されるのを待った。

ラミングも他の二名の判事も真剣に耳をかたむけている。しかし多田は憮然とした面持ちで、小谷をにらんでいた。

翻訳がおわると、小谷はつづけた。

「手紙の内容はこの裁判への工作を多田次官が左近允被告におしえて、了解をもとめたものです。左近允被告は多田次官からの度重なるこの種の依頼をすべて拒絶しています。手紙を読めば、この裁判が多田次官と黛被告に都合がよい証人たちが事前にうちあわせをした証言にもとづいて、進行していることがわかるはずです。それで裁判長、本弁護人はこの手紙に書かれていることで、多田被告に質問をしたいのです。したがってこの手紙を多田証人のものとして、証拠申請します」

小谷の申し出をうけて、ラミングは左右の二人の判事をまねきよせ、なにやら話し合うと、木槌をたたいて威厳を示し、多田のほうへ顔をむけた。

「もう一度訊きます。手紙はあなたのものでないのか」

「私が書いたものです」

「あなたは、なぜ認めることを躊躇したのか」

多田は憤然と応えた。

「小谷弁護人はこの手紙にあることがらについて質問をし、私を戦争犯罪人にしようとしている。小谷弁護人こそ、私に敵意をもっております」

多田の供述を聴いて、ラミングはふたたび判事たちと協議した。そして手紙を翻訳して内容を検討し、小谷弁護人の申請についてあらためて判断を下すため、いったん審理を延期し、午後から再開することを告げた。

再開した法廷で、ラミングは裁判所の見解をしめした。

申請された手紙の内容は、一般市民としての道徳的義務に違反するものであるが、戦争犯罪法廷において罪を問われるほどのものではない。したがって、もし多田被告が手紙のことに関して、小谷弁護人からの質問を拒否するなら、法廷侮辱罪にとわれることになる。また、手紙が証人を罪におとしいれるかどうか、最終的には裁判所がきめるべきものである。

めた。

ラミングはこのように述べると、多田にたいし、この手紙に関する釈明をするようにもと

多田はいくぶん表情をやわらげると、慎重に話した。

「私はスタンレー刑務所にいる左近允被告に、これまで三通の手紙を書いた。それはなぜかと申し上げると、遠い昔のことになりつつあるビハール号事件については、関係者の記憶もうすれ、回想はさまざまなのです。そこで、事件にかかわった将兵たちに、率直に語ってもらい、本当の事実をしっかり記録して残そうと思ったのです。将兵たちの回想を集めてみると、これらの中には左近允中将が疑念をもつであろう点が多々あることに気づき、それらをメモ書きにして中将に送った。三通の手紙はいずれもこのような動機で書かれたもので、この裁判に証拠として提出されるようになるとは夢にも思わなかった」

ラミングは深くうなずくと、小谷へ告げた。

「多田証人が書いた残りの二通についても、本裁判所は提出を求める。それでよろしいか」

小谷は応えた。

「手紙は多田証人の立場を有利にするために書かれたもので、本弁護人の本来の意図は手紙を裁判所へ提出することではなく、この手紙にもとづいて、多田証人の証言の矛盾をあきらかにすることです」

「小谷弁護人、証人が自分の希望するような証言をしないという理由で、証人が左近允被告に敵意を抱いている、というのはおかしくありませんか」

「しかし、多田証人が首謀し、みんなが裏取引をしていたのは事実です!」

と小谷が声を強めると、多田はすっくと立ち上がった。

「裁判長、私はこの事件の証人をやめさせてほしい」

「どうしてか」

「弁護人は私を侮辱している。私はかれから依頼があったからこそここに来た。その弁護人からこのような扱いを受けるのなら、ただちに証人を辞退する許可を法廷にもとめる」

ラミングは多田の申し出を拒否し、同時に小谷にたいして多田の言動がどのような点で左近允に不利なのか、明らかにするように迫った。そこで、小谷は午前中に申請した手紙をここで読みたい、と許可をもとめ、裁判長はこれを許した。

その手紙は昭和二十二年八月三十日に書かれたものだった。

小谷はゆっくり、手紙を読んだ。

「起訴以来、ずいぶん長いので、お気の毒です。昨二十九日は、担当検事のクロスが来て、三井、嶋内、谷、永井、大塚を取り調べ、検事側証人として法廷に立つときの用意・打ち合わせを兼ねて一人一人面接していった。そのときの模様では、小生を検事側証人として使う考えはないらしい。(中略)この際、誤解のないように当方の最善の途、三井も同意見と考える点を申し上げる。
○　この事件の発端となった処分命令の根拠
イ、司令官は艦隊の意向なり、と嶋内より報告をうけたること。

ロ、実は艦隊にはまったく関係ない、と三井も嶋内も証言する用意がある。
ハ、真相は嶋内と小山田の合作ということである。
ニ、バタビア帰港後の左近允司令官の助命の意思が参謀には伝えられず、利根艦長にはあくまで「最初の命令通り」と伝えられた。
ホ、作戦部隊解散のとき（バタビアにおける報告研究会議のときで、十六日だと嶋内もいっている）、俘虜を利根から他に移さなかったのは、参謀の事務上の責任である。
へ、利根艦長は作戦部隊解散も知らず、命令通り実行した。

以上、ご一読くだされ。小生が入獄中に貴兄に差し上げたこれまでの書面はまったく小生の誤った判断もあったので、消滅ということで、念のため」

小谷につづき、通訳が午前中、裁判官が協議するため英訳していたこの手紙を読み上げると、傍聴席からどよめきがおこった。

ラミングは木槌をたたいて、廷内を静め、この手紙は何事も立証するものではないので、証拠品として受理する考えのないことを小谷に申しわたした。

あとの二通を裁判所へ提出するのはやぶさかではないが、左近允被告に有利な証人や文書などは、いずれもこの裁判において受け入れを拒否されている。これではとても弁護人の役目は果たせない、と小谷は裁判長へはげしく抗議し、弁論をうちきった。

残りの時間をクロスがさしさわりのない反対尋問をして、多田の証言は終わった。ラミングは明日、左近允被告を法廷によび、三通の手紙が左近允あてに書かれたものであることを確認することで結審とする。そして判決は、十月二十九日に言いわたすと宣言した。

小谷はこの日、ホワイトホーンのジープでスタンレーへでかけた。

判決の日は十三日でも金曜日でもなく、二十九日の水曜日である。これまでの慣例から推測すれば、死刑判決がでることはないだろう、と小谷は確信にも近い期待をいだいている。

しかし、それにしても思うように進まない弁論が腹立たしく、また情けなくもあり、面会室で左近允に率直にわびた。

「気にしないでくれ。感謝の気持ちでいっぱいだから」

左近允は大きな手で小谷に握手をもとめ、背をやさしくたたいて、弁護人の労をねぎらった。

（無期懲役はあっても、よもや死刑はないだろう）

左近允の手のぬくもりを膚で感じながら、小谷は自分に言い聞かせていた。

翌十八日、左近允が出席した法廷で、残りの二通の手紙と、白石万隆第七戦隊司令官ならびに香港には来なかった阿部浩一航海長にたいして、香港戦犯部が送った質問事項に対する回答が読みあげられ、ビハール・ケースの裁判は結審した。

ふたりの回答に目新しい事実はなかった。

しかし、多田が左近允へ書き送った手紙のなかには、ビハール号事件について旧海軍側の対応がはじまったころ、嶋内が高知の田舎から東京の多田へ報告した内容がそのまま書き写されており、そのなかには、つぎの記述があった。

「一九四四年三月十五日、バタビアに入港したとき、黛艦長は旗艦『青葉』に来て、私たち参謀将校と捕虜のことで議論をした。この時、黛艦長は司令官との面談を希望していたが、司令官と会うことはできなかった。翌日の研究会のあと、黛艦長が私の部屋をおずおず訪ねてきた。艦長は憔悴しきった顔で私にこのように言った。

『ご承知のとおり、今朝、一五名の捕虜をこの青葉に移しました。残りの捕虜は殺してしまうことにします。どうか自分のこの決断を理解して下さい』

黛艦長のこの言葉は、このあと、バタビア市内にいる司令官へ報告されたが、司令官からこのことに関する返信はなかった」

手紙にはこのほか、被告になった黛の生死にかかわるような証言は、くれぐれも慎重におこなうよう嶋内へ要望したので、左近允においてもこの点、十分に留意願いたい、という趣旨のことが記されていた。

判決の日も傍聴席は満員だった。

軍服をさっそうと着こなした三人の裁判官が着席した。

被告席の左近允と黛はそれぞれ紺色とグレーのブレザーに折り目がとれたズボンをはき、緊張しきった面持ちで裁判長のほうを見上げる。外は朝から晴れ渡っているが、窓の少ない廷内では電灯の光りがとどかない壁際は薄暗く、戦犯法廷の暗鬱な空気がそこにとどまっている。

午前十時の開廷だから、昼前には判決が聞けそうだった。

日にち、曜日、さらに時間までも死刑判決の慣例とことなっていた。死刑の判決が下される時間はいつも夕刻で、廷内はうす暗く、それに軽機関銃をかついだ護衛兵が数人、死刑の宣告の前に壁際に立つ。小谷はそれとなく廷内に視線をはしらせてみたが、それらしい人影は見あたらなかった。

（死刑はない）

小谷のなかで、願いが確信にかわっていた。

ラミング裁判長が最初に、左近允被告の名前をよんだ。

被告席に左近允は直立した。満場の耳目がふたりに注がれた。

「本裁判では、被告は刑罰の軽減を請願することがみとめられている。あなたはこの際、いっておくことはないか」

「何もない！」

「請願はしないのか」

「その必要はない」

「では、おって刑罰を申し渡す」

一礼して、左近允が席へもどると、廷内にため息がもれた。

つづいて黛が裁判長の前にでた。かれは寛刑を嘆願し、用意してきた英文の請願書を読み始めた。まず自分が今日まで生きてこられたのは、キリスト教信仰のおかげであることを縷縷述べ、つぎにこの事件で犠牲になった捕虜の家族や親族へ哀悼の誠を捧げたい、と頭を垂れてみせた。

黛の請願がおわると、裁判長がつげた。

「われわれはこれから最終の審議をおこなう。よって、しばらく休憩し、午後四時に開廷する」

四時と聞き、小谷のからだにふるえがはしった。

被告のふたりは、衛兵につきそわれて控え室につれていかれた。

ふたたび法廷がひらかれるまで、小谷は執務室で待機した。昼すぎに助言官のバンフィルド中尉があらわれ、

「心配してくれるな」

という左近允の言葉を小谷につたえた。

「どうしていますか」

小谷が訊くと、バンフィルドは右手をさしだした。甲にすり傷がある。

「助けてくれ、と黛大佐はわたしに哀願し、手をにぎりしめてくるので、痛くて引き離したら、すこしけがをしてしまいましたよ」

とバンフィルドは沈んだ声でいった。左近允のほうは、タバコをくゆらしながら、じっと海をみつめていた、という。

四時に再開すると、ラミングは先に黛の名前をよんだ。

「黛被告に判決を下すにあたり、法廷は刑罰を軽減するため、酒井弁護人が申請した情状酌

量の書面を慎重に考慮し、被告の人生にはクリスチャンの精神が大きな影響をあたえている、という結論に達した。よって……」

裁判長の前に直立する黛の肩がふるえた。

「被告を七年の懲役に処する」

よほど嬉しかったのか、黛は衛兵に両腕をとられて退廷するあいだ、感きわまる表情で何度となくまわりに頭をさげていた。

そしていつの間にか――、
壁際に軽機関銃を所持した護衛兵が四人ならんでいた。

ラミングが判決文の記された書面を両手にもつと、護衛兵がいっせいに駆けより左近允をとりかこんだ。

刑の言い渡しは一言だった。

ラミング裁判長は幽鬼迫る顔で左近允をにらみ、

「デス、バイ、ハンキング」

と叫んだ。

小谷はビハール・ケースのあと、憲兵裁判の弁護を一件担当し、昭和二十三年四月下旬に帰国した。

およそ一年ぶりに家族のもとにもどった小谷は、自分が生まれ育った田舎が見たくなり汽車に乗った。郷里は丹後半島の宮津で、天橋立から西北へ約一〇里ほどはなれた日本海に面する漁村である。

毎日、海をみながら大きくなった小谷は、親の期待を一身にせおって京都の中学にはいり、同志社大学をおえて実務をつむと弁護士事務所をひらいた。

小谷は香港裁判にかかわったことで、人間をみつめる眼差しがかわったことを感じていた。そのことを郷里の海に語りたかったのだ。

浜沿いの生家は、日本海の潮風に軒先をかがめるように建っていた。

すっかり年老いた両親とおそい昼餉を共にし、腹ごなしに桐下駄にはきかえ、砂浜をあるいた。白い波頭のたつ沖合からふきつける風が、まるで意志あるもののように小谷の頬をうち、衣服をはためかせた。

やがて、心地よい疲れをおぼえた小谷は松林の窪地に腰をおろし、青々とひろがるばかりの海をみつめていた。

あとがき

ビハール号を発見した大蔵茂雄元海軍二等兵曹は、戦後六一年を経た今も健在である。この春、福井県あわら市で細織物業を営む元兵曹のお住まいをお訪ねした。戦後、家業を引き継ぎ発展させた大蔵氏は、永いこと、業界のお世話役もされている。広壮なご自宅の応接間には、ご活躍を伝える賞状や感謝状が飾られている。

「もう、遠い昔のことなので……」

と、ビハール号事件や六年余りも専務見張員として乗艦した「利根」のことは、期待したほど話はすすまなかった。ビハール号の発見はともかく、その後の出来事は、香港裁判にいたるまで関係者が一様に口を閉ざしてきたことである。後世に真実を伝えのこしておきたいという願いはゆらぎ、だれもが事件が事件だけに忘れてしまいたい、という思いに押し殺されてしまいがちなのである。

欄間のすみに、ビハール号発見の功績を讃える「善行表彰」がかけてあった。昭和十九年四月、黛治夫艦長から総員が見守る中、授与された栄誉である。兄弟や親戚から、そのようなモノをもっていると戦犯として進駐軍に捕まるから棄てるようにといわれたが、氏は大切にずっと隠し持っていた。

取材の大半は、昭和五十九年七月に早世した氏の愛娘のことに終始した。同席されていた夫人はハンカチを取り出して目頭をぬぐい、氏はずり落ちそうになるメガネを何度もかけなおしていた。辞去する際、私は三人の子供を遺し、癌で他界した愛娘のことを氏が綴った手記を手渡され、列車のなかで読んだ。親子の情愛にあふれる文章が綿々と続き、私は何度となく涙がこぼれ落ちそうになり、顔をあげて、車窓に広がる雪景色をながめ気持ちを鎮めながら、ビハール号事件で命を絶たれた捕虜たちの遺族のことを想っていた。

戦場の正義や同胞愛に普遍性があるはずはない。ところが、先の大戦では戦争の勝者だけが正義である、という論理と現実が、戦争裁判をとおして敗戦国日本の軍人や軍属に押し付けられた。勝てば何でもありである。それは裁判という民主的な体裁をよそおった先の大戦の戦勝国においても、変わることはなかった。しかしともあれ、戦中も戦後も国家や軍隊という人間がつくる組織がさまざまな形で無辜の人々を不幸においやっていく事実に暗然とする。戦争にかかわる作品を書き、こうした事実だけをみつめていると、正義や愛といった普遍的であるべきことはもとより、人間をこえた存在さえもとても信じる気にはなれないのである。

香港裁判で懲役七年の刑をうけた黛治夫元大佐は、三年後の春に日本へ送還され、昭和二十七年四月に巣鴨プリズンを出所した。その後、元大佐は捕鯨会社などに勤めたあと、余生を旧海軍関係の原稿の執筆や講演で過ごし、平成四年十一月に不帰の客となった。享年九十三歳の長寿だった。

本書の執筆にあたって、貴重な情報を届けて下さった中国放送社友の田島明朗氏に感謝の言葉を奉げたい。

最後に、本書の出版に際し、光人社専務取締役の牛嶋義勝氏には大変お世話になった。衷心より御礼申し上げる。

平成十八年六月

青山淳平

主要参考文献＊佐々淳行『香港領事日誌』文藝春秋社＊生出寿『砲術艦長　黛治夫』光人社＊岸見勇美『地獄の海』光人社＊豊田副武『最後の帝国海軍』世界の日本社＊小谷勇雄『世紀の旅路』私家版＊菊池正剛「英国商船ビハール号『捕虜虐殺事件』の真相」月刊『丸』潮書房＊「昭和一九年三月軍艦『利根』戦時日誌」軍艦「利根」戦闘詳報第六号＊防衛庁防衛研修所戦史室『南西方面海軍作戦』朝雲新聞社＊海軍第十六戦隊司令部戦友会編『海軍第十六戦隊史』私家版＊伊八潜史刊行会『伊号第8潜水艦史』私家版＊巣鴨法務委員会編『戦犯裁判の実相』私家版＊「SOUTH CHINA MORNING POST, 1947年9月～10月」

単行本　平成十八年五月　潮書房光人社刊

NF文庫

海は語らない
二〇一八年一月二十二日　第一刷発行
著　者　青山淳平
発行者　皆川豪志
発行所　株式会社　潮書房光人新社
〒100-8077　東京都千代田区大手町一-七-二
電話／〇三-六二八一-九八九一㈹
印刷・製本　モリモト印刷株式会社
定価はカバーに表示してあります
乱丁・落丁のものはお取りかえ
致します。本文は中性紙を使用
ISBN978-4-7698-3048-1　C0195
http://www.kojinsha.co.jp

NF文庫

刊行のことば

第二次世界大戦の戦火が熄んで五〇年——その間、小社は夥しい数の戦争の記録を渉猟し、発掘し、常に公正なる立場を貫いて書誌とし、大方の絶讃を博して今日に及ぶが、その源は、散華された世代への熱き思い入れであり、同時に、その記録を誌して平和の礎とし、後世に伝えんとするにある。

小社の出版物は、戦記、伝記、文学、エッセイ、写真集、その他、すでに一、〇〇〇点を越え、加えて戦後五〇年になんなんとするを契機として、「光人社NF（ノンフィクション）文庫」を創刊して、読者諸賢の熱烈要望におこたえする次第である。人生のバイブルとして、心弱きときの活性の糧として、散華の世代からの感動の肉声に、あなたもぜひ、耳を傾けて下さい。

＊潮書房光人新社が贈る勇気と感動を伝える人生のバイブル＊

NF文庫